有些女孩
吟了
不该吟的诗

张晓风 著

北京联合出版公司
Beijing United Publishing Co.,Ltd.

图书在版编目（CIP）数据

有些女孩，吟了不该吟的诗 / 张晓风著. -- 北京：
北京联合出版公司，2018.7
ISBN 978-7-5596-1911-2

Ⅰ．①有… Ⅱ．①张… Ⅲ．①散文集－中国－当代
Ⅳ．①I267

中国版本图书馆CIP数据核字(2018)第065405号

本著作物经北京时代墨客文化传媒有限公司代理，由九歌出版
社有限公司授权，在中国大陆出版、发行中文简体字版本。

有些女孩，吟了不该吟的诗

作　　者：张晓风
出版统筹：新华先锋
责任编辑：管　文
特约监制：林　丽
策划编辑：徐　玥
文字编辑：宋亚荟
封面设计：杨祎妹
版式设计：徐　倩
营销统筹：章艳芬
ＩＰ运营：覃诗斯

北京联合出版公司出版
（北京市西城区德外大街83号楼9层　100088）
三河市春园印刷有限公司印刷　新华书店经销
字数120千字　620毫米×889毫米　1/16　16印张
2018年7月第1版　2018年7月第1次印刷
ISBN 978-7-5596-1911-2
定价：59.00元

我的散文观（代序）

楔　子

有人要我说一说我的散文观。

"你出过的散文集超过十册了吧？应该很有资格发表点儿意见了。"

"可是，我自己并不这么想！"

"咦？为什么，装谦虚吗？"

"不，不，这跟谦不谦、虚不虚无关，我说个譬喻你听：这就如同，有的女人能生，生了十几二十胎（纪录上还有更多的），但这女人，其实你要她站上台来讲述胚胎、卵子、精子、子宫……她却一概不知！"

"但是，写散文这件事不好拿生孩子来比，我想，写散文总会多一些专业性吧！"

"也许，但有一点，这两件事是相同的：那就是郑愁予诗里说的：'我是北地忍不住的春天。'生孩子，是因为非生不可，胎死腹中是很严重的。写文章也是非写不可，不写，地都会裂、山都会崩。你想，人在这种时候，哪里会有什么理论和观点可言，只是'忍不住'而已。"

"不过，不过，你随便说两句不行吗，例如感言什么的？"

"有人生了孩子还要发表'生儿演说'的吗？生小孩很累唉！生完了就该休息了吧！"

"唉，不过要你表示表示意见，没什么大不了啦！反正一百个、一千个人里面未必有一个人听你，你就当自言自语好玩儿嘛！又不是什么'一言而为天下法'。"

"噫！这句话还有点儿道理，我姑且随便聊聊。"

"噢，你是写散文的。"

"哇！你是写剧本的！"

偶然，在某些场合，我会碰上一些异国人士，有时我必须自我介绍，有时是朋友替我介绍。这对手，十之八九，以后是看不到的了，这不过是一面之雅，又不是什么义结金兰，犯不着好好交代身家，所以多半随便说一句："How do you do？"也就算了。

不过也有人会多问几句的。或许受朋友瞎捧所蛊，便不免兴致高昂。一般而言，如果朋友说我是"林太太"，就没人有兴趣再多问什么了。如果说是"教授"，人家也只礼貌地致敬一下。朋友如果说"名作家"，那老外就不免有几分兴趣，接下来的问题便是："请问，你写什么？"

我多半的回答是："哦，我写散文。"这种答案有点儿令他们失望，当然，他也不方便表现出来，只好草草敷衍我一下，就走开了，顶多加一句："噢，你是写散文的。"

我也偶然兴起，想做个实验，便说"I am a playwriter"（我是写剧本的）。这下可不得了，对方立刻双眼放光，人也几乎要弹跳起来："哇！哇！哇！你是写剧本的呀！"唉，有些事，读书是读不出来的，如果有一本书来告诉我："西方文学，重剧本而轻散文。"我读了也不觉什么。但当面看到人家对我的两种面目，不免感慨良多。我常常心里暗笑："唉！唉！你这老外真不晓事，写剧本是小技耳，写散文才是真正的大业咧！"

在台湾，如果问出版商，什么书最有销路，你得到的答案一般是："散文最有销路！"（虽然小说和诗偶然也畅销。）看来，老外喜欢那些故事和情节。但老中所喜欢的散文却没有那些花哨。老中为什么要喜欢散文？这恐怕是说来话长的话题了。

三个譬喻

至于散文和它另一个近亲"诗歌"之间怎么分？有人打譬喻，说：诗如酒，散文如水。诗如舞，散文如行路。诗如唱歌，散文如说话。如果跟着这个譬喻想下去，诗好像比散文"专业"，或者说，"高尚"。

但是我并不这么想。

好酒我喝过，好水却不常喝到，我唯一牢记且怀念的水是有一次去走加拿大班夫国家公园，去一个叫哥伦比亚大冰原的地方，我带着个小瓶子，在融冰中舀了一点水，喝下去，甘洌冰清，令人忍不住想对天"谢水"（基督徒有"谢饭"之礼仪），原来水是这么好喝的。至于我日常喝的，其实都只是"维生所需"而已。

至于舞蹈，我也大致知道一些这城市中的优秀舞蹈家。至于谁行路如玉树临风，好像我反而想不起来。印象里行走得高贵的人好像只有两个明星，男的是史都华·格兰杰，女的是凯瑟琳·赫本，此二人有帝后风仪。至于奥黛丽·赫本也不错，但只像公主而已。

至于说话和唱歌，我倒都听过好的。不过，说得好的，还是比唱得好的为少。

以上三例，刚好说明散文其实是"易学难工"的，好水比好酒难求，"善于美姿走路的"比"善舞者"难求，"善说话的人"比"善歌者"难求。

从那三个譬喻可以看出散文的特质，它不侧重故事、情节。一般而言，它也不去虚构什么。它更不在乎押韵造成的"音乐性加分"。它在大多数状况下无法入歌。它和读者素面相见，却足感人。它凭借的不是招数，而是内功。

内功？内功不是那么容易获得的

李白写《春夜宴桃李园序》，一开头的句子便是："夫天地者，万物之逆旅也；光阴者，百代之过客也。"李白写的绝不是"记叙文"，他的企图也绝不是记录某一次宴会的盛况而已。他是把一生累积的见识，来写这一小篇文章，这叫内功。

王禹偁写《黄冈竹楼记》，其中有些句子形容竹楼之雅，可算得很唯美的句子，如："夏宜急雨，有瀑布声；冬宜密雪，有碎玉声……"但最令人心疼的句子却是在行家告诉他竹楼的寿命一般不过十年，如果做加工处理，可至二十年。然而，他拒绝了，他在历数自己宦途流离的记录之后加上一句："……未知明年又在何处，岂惧竹楼之易朽乎？"这一句，把整篇文章提到不一样的高度，借王国维的话，这叫"感慨遂深"。当然，你也可以叫它为"内功"。

如果要归纳一下，容我这样说吧：

1. 散文是一种老中特别喜欢写、喜欢读的文类。

2. 散文可以浅，浅得像谈话；可以深，深得像骈文。但都直话直说，直抒胸臆！是一种透明的文体。

3. 读者在阅读散文时，希望读到的东西如下：

A. 希望读到好的文笔、好的修辞。

B. 希望读到对人生的观察和体悟。

C. 希望隐隐如对作者，但并不像日本人爱读"私小说"那样，因此散文读者想知道的是作者的生活、见识和心境，"私小说"的读者想知道的多半是作者的隐私，特别是性的隐私。

D. 希望收获到"感性的感动"，也希望读到"知性的深度"。

E. 一般人购买散文，是因为他们相信，不久以后，他们会再读它一次。很少有人会"再一次读看过的小说"，可是有很多人"一再读他看过的散文"。

在古代文学史里有两位（其实当然不止此数）文人，其一是诗人，另一位是词人，这两个人都曾因为写散文写得太好，害得他们的某首诗词竟然失了色。

其一是陶渊明，有一次，他本来是要写桃花源诗的，但不得不先把去桃花源的渔人的航船日志公布一下。不过，因为这篇用散文体写成的序太精彩了，结果大家都去念"晋太元中，武陵人……"至于"嬴氏乱天纪，贤者避其世……"有谁知道呢？

其二是姜白石，他自度了一阕词叫《扬州慢》。不过，同样的，他也必须说明一下，他眼中的扬州如何在一番战火之余成衰败零落。

那篇插在词前的小序写得太好，结果有人认为"四顾萧条，寒水自碧，暮色渐起，戍角悲吟，予怀怆然……"比词更耐读，这，也是无可奈何之事。

这两个例子，其实都说明散文的胜利。没有故事的华服，没有韵律的化妆，散文素着一张脸，兀自美丽。借王国维的话是"粗服乱头不掩国色"。

二分之一的擎天柱

在西方，散文是三大文体（戏剧、小说、诗歌）之外的小附庸。在中文世界，散文是二分之一的擎天柱（我们分文章为"散文""韵文"两类）。

我喜欢散文（虽然也喜欢其他三类），我喜欢我在此行列中执勤，我喜欢这是一个老外看不出好处的文类，我喜欢和我"同文"的人来分享它的深雅和醇厚。

目录

第一辑

你 不 能

要 求

简 单 的 答 案

孤意与深情

　　我和俞大纲老师的认识是颇为戏剧性的，那是八年以前，我去听他演讲，活动是季曼瑰老师办的，地点在话剧欣赏委员会，地方小，到会的人也少，大家听完了也就零零落落地散去了。

　　但对我而言，那是个截然不同的晚上，也不管夜深了，我走上台去找他，连自我介绍都省了，就留在李老师那套破旧的椅子上继续向他请教。

　　俞老师是一个谈起话来就没有时间观念的人，我们愈谈愈晚，后来他忽然问了一句：

　　"你在什么学校？"

　　"东吴……"

　　"东吴有一个人，"他很起劲儿地说，"你去找她谈谈，她叫张晓风。"

　　我一下愣住了，原来俞老师竟知道我而器重我，这么大年纪的人也会留心当代文学，我当时的心情简直兴奋得要轰然一声烧起来，可惜我不是那种深藏不露的人，我立刻就忍不住告诉他我就是张晓风。

然后他告诉我他喜欢我的散文集《地毯的那一端》，认为深得中国文学中的阴柔之美，我其实对自己早期的作品很羞于启齿，由于年轻和浮浅，我把许多好东西写得糟极了，但被俞老师在这种情形下无心地盛赞一番，仍使我窃喜不已。接着又谈了一些话，他忽然说：

"白先勇你认识吗？"

"认识。"那时候他刚好约我在他的晨钟出版社出书。

"他的《游园惊梦》里有一点儿小错，"他很认真地说，"吹腔，不等于昆曲，下回告诉他改过来。"

我真的惊讶于他的细腻。

后来，我就和其他年轻人一样，理直气壮地穿过怡太旅行社业务部而直趋他的办公室里聊起天儿来。

"办公室"设在馆前街，天晓得俞老师用什么时间办"正务"，总之那间属于怡太旅行社的办公室，时而是戏剧研究所的教室，时而又似乎是某个委员会的免费会议厅，有时是某个杂志的顾问室……

总之，印象是满屋子全是人，有的人来晚了，到外面再搬张椅子将自己塞挤进来，有的人有事便径自先行离去，前前后后，川流不息，仿佛开着流水席，反正任何人都可以在这里做学术上的或艺术上的打尖儿。

也许是缘于我的自入，我自己虽也多次从这类当面的和电话聊天儿中得到许多好处，但我却不赞成俞老师如此无日无夜地来者不拒。我固执地认为，不留下文字，其他都是不可信赖的，即使是嫡传弟子，复述自己言论的时候也难免有失实之处，这话不好直说，我只能间接催老师。

"老师，您的平剧剧本应该抽点儿时间整理出来发表。"

"我也是这样想呀！"他无奈地叹了口气，"我每次一想到发表，就觉得到处都是缺点，几乎想整个重新写过——可是，心里不免又想，唉，既然要花那么多功夫，不如干脆写一本新的……"

"好啊，那就写一个新的！"

"可是，想想旧的还没有修整好，何必又弄新的？"

唉，这真是可怕的循环。我常想，世间一流的人才往往由于求全心切反而没有写下什么，大概执着笔的，多半是二流以下的角色。

老师去世后，我忍不住有几分生气，世间有些胡乱出版的人是"造孽"，但惜墨如金，竟至不立文字则对晚辈而言近乎"残忍"。对"造孽"的人，历史还有办法，不多久，他们的油墨污染便成陈迹，但不勤事写作的人连历史也对他们无可奈何。倒是一本《戏剧纵横谈》在编辑的半逼半催下以写随笔心情反而写出来了，算是不幸中的小幸。

有一天和尉素秋先生谈起，她也和我持一样的看法，她说："唉，每天看讣闻都有一些朋友是带着满肚子学问死的——可惜了。"

老师在世时，我和他虽每有会意深契之处，但也有不少时候，老师坚持他的看法，我则坚持我的。如果老师今日复生，我第一件急于和他辩驳的事便是坚持他至少要写两部书，一部是关于戏剧理论；另一部则应该至少包括十个平剧剧本，他不应该只做我们这一代的老师，他应该做以后很多代年轻人的老师……

可是老师已不在了，深夜里我打电话和谁争论去呢？

对于我的戏剧演出，老师的意见也甚多，不论是"灯光""表演""舞台设计""舞蹈"他都"有意见"，事实上俞老师是个连对自己都"有意见"的人，他的可爱正在他的"有意见"。他的意见有的我同意，有的我不同意，但无论如何，我十分感动于每次演戏他必然来看的关切，而且还让怡太旅行社为我们的演出特别赞助一个广告。

老师说对说错表情都极强烈，认为正确时，他会一叠声地说："对，对，对，对……"

每一个对字都说得清晰、缓慢、悠长，而且几乎等节拍，认为不正确时，他会"嘿嘿"而笑，摇头，说："完全不对，完全不对……"

令我惊讶的是老师完全不赞同比较文学，记得我第一次试着和他谈谈一位学者所写的关于元杂剧的悲剧观，他立刻拒绝了，并且说：

"晓风，你要知道，中国和西洋是完全不同的，完全不同的，一点儿相同的都没有！"

"好，"我不服气，"就算比出来的结果是'一无可比'，也是一种比较研究啊！"

可是老师不为所动，他仍坚持中国的戏就是中国的戏，没有比较的必要，也没有比较的可能。

"举例而言，"好多次以后我仍不死心，"莎士比亚和中国的悲剧里在最严肃、最正经的时候，却常常冒出一段科诨——而且，常常还是黄色的，这不是十分相似的吗？"

"那是因为观众都是新兴的小市民的缘故。"

奇怪，老师肯承认它们相似，但他仍反对比较文学。后来，我发觉俞老师和其他年轻人在各方面的看法也每有不同，到头来各人还是保持了各人的看法，而师生，也仍然是师生。

有一阵，报上猛骂一个人，简直像打落水狗，我打电话请教他的意见，其实说"请教"是太严肃了些，俞老师自己反正只是和人聊天儿（他真的聊一辈子天儿，很有深度而又很活泼的天儿），他绝口不提那人的"人"，却盛赞那人的文章，说：

"自有白话文以来，能把旧的诗词套用得那么好，能把固有的东西用得那么高明，此人当数第一！"

"是'才子之笔'，对吗？"

"对，对，对。"

他又赞美他取譬喻取得委婉贴切。放下电话，我感到什么很温暖的东西，我并不赞成老师说他是白话文的第一高手，但我喜欢他那种论事从宽的胸襟。

我又提到一个骂那人的人。

"我告诉你，"他忽然说，"大凡骂人的人，自己已经就受了影响了，骂人的人就是受影响最深的人。"

我几乎被这种怪论吓了一跳，一时之间也分辨不出自己同不同意这种看法，但细细推想，也不是毫无道理。俞老师凡事愿意退一步想，所以海阔天空竟成为很自然的事了。

最后一次见老师是在一个文艺中心，那晚演上本《白蛇传》，休息的时候才看到老师和师母原来也来了。

师母穿一件枣红色的曳地长裙，衬着银发发亮，师母一向清丽绝俗，那晚看起来比平常更为出尘。

不知为什么，我觉得老师脸色不好。

"《救风尘》写了没？"我趁机上前去催问老师。

老师曾告诉我他极喜欢元杂剧《救风尘》，很想将之改编为平剧。其实这话说了也有好几年了。

"大家都说《救风尘》是喜剧，"他曾感叹地说，"实在是悲剧啊！"

几乎每隔一段时间，我总要提醒俞老师一次《救风尘》的事，我自己极喜欢那个戏。

"唉——难啊——"

俞老师的脸色真的很不好。

"从前有位赵先生给我打谱——打谱太重要了，后来赵先生死了，现在要写，难啊，平剧——"

我心里不禁悲伤起来，作词的人失去了谱曲的人固然悲痛，但作词的人自己也不是永恒的啊！

"这戏写得好，"他把话题拉回《白蛇传》，"是田汉写的。后来的《海瑞罢官》也是他写的——就是给批斗了的那一本。"

"明天我不来了！"老师又说。

"明天下半本比较好啊！"

"这戏看了太多遍了。"老师说话中透露出显然的疲倦。

我不再说什么。

后来，就在报上看到老师的死。老师患先天性心脏肥大症多年，原来也就是随时可以撒手的，前不久他甚至在计程车上突然失去记忆，不知道回家的路。如果从这些方面来看，老师的心脏病突发倒是我们所可能预期的最幸福的死了。

悲伤的是留下来的，师母，和一切承受过他关切和期望的年轻人，我们有多长的一段路要走啊！

老师生前喜欢提及明代的一位女伶楚生，说她"孤意在眉，深情在睫"，"孤意"和"深情"原是矛盾的，却又很微妙地是一个艺术家必要的一种矛盾。

老师死后我忽然觉得老师自己也是一个有其"孤意"有其"深情"的人，他执着于一个绵邈温馨的中国，他的孤意是一个中国读书人对传统的悲痛的拥姿，而他的深情，使他容纳接受每一股昂扬冲激的生命，因而使自己更其波澜壮阔、浩瀚渺渺……

我喜欢

我喜欢活着，生命是如此充满了愉悦。

我喜欢冬天的阳光，在迷茫的晨雾中展开。我喜欢那份宁静淡远，我喜欢那没有喧哗的光和热，而当中午，满操场散坐着晒太阳的人，那种原始而纯朴的意象总深深地感动着我的心。

我喜欢在春风中踏过窄窄的山径，草莓像精致的红灯笼，一路殷勤地张结着。我喜欢抬头看树梢尖尖的小芽儿，极嫩的黄绿色中透着一派天真的粉红——它好像准备着要奉献什么，要展示什么。那柔弱而又生意盎然的风度，常在无言中教导我一些最美丽的真理。

我喜欢看一块平平整整、油油亮亮的秧田。那细小的禾苗密密地排在一起，好像一张多绒的毯子，是集许多翠禽的羽毛织成的，它总是激发我想在上面躺一躺的欲望。

我喜欢夏日的永昼，我喜欢在多风的黄昏独坐在傍山的阳台上。小山谷里的稻浪推涌，美好的稻香翻腾着。慢慢地，绚丽的云霞被浣净了，柔和的晚星遂一一就位。我喜欢观赏这样的布景，我喜欢坐在那舒服的包厢里。

我喜欢看满山芦苇，在秋风里凄然地白着。在山坡上，在水边上，美得那样凄凉。那次，刘告诉我他在梦里得了一句诗："雾树芦花连江白。"意境是美极了，平仄却很拗口。想凑成一首绝句，却又不忍心改它。想联成古风，又苦再也吟不出相当的句子。至今那还只是一句诗，一种美而孤立的意境。

我也喜欢梦，喜欢梦里奇异的享受。我总是梦见自己能飞，能跃过山丘和小河。我总是梦见奇异的色彩和悦人的形象。我梦见棕色的骏马，发亮的鬃毛在风中飞扬。我梦见成群的野雁，在河滩的丛草中歇宿。我梦见荷花海，完全没有边际，远远在炫耀着模糊的香红——这些，都是我平日不曾见过的。最不能忘记那次梦见在一座紫色的山峦前看日出——它原来必定不是紫色的，只是翠岚映着初升的红日，遂在梦中幻出那样奇特的山景。

我当然同样在现实生活里喜欢山，我办公室的长窗便是面山而开的。每次当窗而坐，总沉得满几尽绿，一种说不出的柔和。较远的地方，教堂尖顶的白色十字架在透明的阳光里巍立着，把蓝天撑得高高的。

我还喜欢花，不管是哪一种，我喜欢清瘦的秋菊、浓郁的玫瑰、孤洁的百合，以及幽娴的素馨。我也喜欢开在深山里不知名的小野花。十字形的、斛形的、星形的、球形的。我十分相信上帝在造万花的时候，赋给它们同样的尊荣。

我喜欢另一种花儿，是绽开在人们笑颊上的。当寒冷早晨我在巷子里，对门那位清癯的太太笑着说："早！"我就忽然觉得世界是这样的亲切，我缩在皮手套里的指头不再感觉发僵，空气里充满了和善。

当我到了车站开始等车的时候，我喜欢看见短发齐耳的中学生，那样精神奕奕的，像小雀儿一样快活的中学生。我喜欢他们美好宽阔而又明净的额头，以及活泼清澈的眼神。每次看着他们老让我想起自己，总觉得似乎我仍是他们中间的一个。仍然单纯地充满了幻想，仍然那样容易受感动。

当我坐下来，在办公室的写字台前，我喜欢有人为我送来当天的信件。我喜欢读朋友们的信，没有信的日子是不可想象的。我喜欢读弟弟、妹妹的信，那些幼稚纯朴的句子，总是使我在泪光中重新看见南方那座燃遍凤凰花的小城。最不能忘记那年夏天，德从最高的山上为我寄来一片蕨类植物的叶子。在那样酷暑的气候中，我忽然感到甜蜜而又沁人的清凉。

我特别喜爱读者的信件，虽然我不一定有时间回复。每次捧读这些信件，总让我觉得一种特殊的激动。在这世上，也许有人已透过我看见一些东西。这不就够了吗？我不需要永远存在，我希望我所认定的真理永远存在。

我把信件分放在许多小盒子里，那些关切和怀谊都被妥善地保存着。

除了信，我还喜欢看一点儿书，特别是在夜晚，在一灯荧荧之下。我不是一个十分用功的人，我只喜欢看词曲方面的书。有时候也涉及一些古拙的散文，偶然我也勉强自己看一些浅近的英文书，我喜欢他们文字变化的活泼。

夜读之余，我喜欢拉开窗帘看看天空，看看灿如满园春花的繁星。我更喜欢看远处山坳里微微摇晃的灯光。那样模糊、那样幽柔，是不是那里面也有一个夜读的人呢？

在书籍里面，我不能自抑地要喜爱那些泛黄的线装书，握着它就觉得握着一脉优美的传统，那涩黯的纸面蕴含着一种古典的美。我很自然地想到，有几个人执过它，有几个人读过它。他们也许都过去了。

历史的兴亡、人物的迭代本是这样虚幻，唯有书中的智慧永远长存。

我喜欢坐在汪教授家中的客厅里，在落地灯的柔辉中捧一本线装的昆曲谱子。当他把旧得发亮的褐色笛管举到唇边的时候，我就开始轻轻地按着板眼唱起来，那柔美幽咽的水磨调在室中低回着，寂寞而空荡，像江南一池微凉的春水。我的心遂在那古老的音乐中体味到一种无可奈何的轻愁。

我就是这样喜欢着许多旧东西。那块小毛巾，是小学四年级参加《儿童周刊》父亲节征文比赛得来的。那一角花岗石，是小学毕业时和小曼敲破了各执一半的。那个布娃娃是我儿时最忠实的伴侣。那本毛笔日记，是七岁时被老师逼着写成的。那两支蜡烛，是我过二十岁生日的时候，同学们为我插在蛋糕上的……我喜欢这些财富，以致每每整个晚上都在痴坐着，沉浸在许多快乐的回忆里。

我喜欢翻旧相片，喜欢看那个大眼睛、长辫子的小女孩。我特别喜欢坐在摇篮里的那张，那么甜美无忧的时代！我常常想起母亲对我说："不管你们将来遭遇什么，总是回忆起来，人们还有一段快活的日子。"是的，我骄傲，我有一段快活的日子——不只是一段，我相信那是一生悠长的岁月。

我喜欢把旧作品——检视，如果我看出以往作品缺点，我就高兴得不能自抑——我在进步！我不是在停顿！这是我最快乐的事了，我喜欢进步！

我喜欢美丽的小装饰品，像耳环、项链和胸针。那样晶晶闪闪的、细细微微的、奇奇巧巧的。它们都躺在一个漂亮的小盆子里，炫耀着不同的美丽，我喜欢不时看看它们，把它们佩在我的身上。

我就是喜欢这样松散而闲适的生活，我不喜欢精密地分配时间，不喜欢紧张地安排节目。我喜欢许多不实用的东西，我喜欢充足的沉思时间。

我喜欢晴朗的礼拜天清晨，当低沉的圣乐冲击着教堂的四壁，我就忽然升入另一个境界，没有纷扰，没有战争，没有嫉恨与恼怒。人类的前途有了新光芒，那种确切的信仰把我带入更高的人生境界。

我喜欢在黄昏时来到小溪旁。四顾没有人，我便伸足入水——那被夕阳照得极艳丽的溪水，细沙从我趾间流过，某种白花的瓣儿随波漂去，一会儿就幻灭了——这才发现那实在不是什么白花瓣儿，只是一些被石块激起来的浪花罢了。坐着，坐着，好像天地间流动着和暖的细流。低头沉吟，满溪红霞照得人眼花，一时简直觉得双足是浸在一钵花汁里呢！

我更喜欢没有水的河滩，长满了高及人肩的蔓草。日落时一眼望去，白石不尽，有着苍莽凄凉的意味。石块垒垒，把人心里慷慨的意绪也堆叠起来了。我喜欢那种情怀，好像在峡谷里听人喊秦腔，苍凉的余韵回转不绝。

我喜欢别人不注意的东西，像草坪上那株没人理会的扁柏，那株瑟缩在高大龙柏之下的扁柏。每次我走过它的时候总要停下来，嗅一嗅那股清香，看一看它谦逊的神气。有时候我又怀疑它是不是谦逊，因为也许它根本不觉得龙柏的存在。又或许它虽知道有龙柏存在，也不认为伟大与平凡有什么两样——事实上伟大与平凡的确也没有什么两样。

我喜欢朋友，喜欢在出其不意的时候去拜访他们。尤其喜欢在雨天去叩湿湿的大门，在落雨的窗前话旧事是多么美，记得那次到中部去拜访芷的山居，我永不能忘记她看见我时的惊呼。当她连跑带跳地来迎接我，山上阳光就似乎忽然炽燃起来了。我们走在向日葵的荫下，慢慢地倾谈着。那迷人的下午像一阕轻快的曲子，一会儿就奏完了。

我极喜欢，而又带着几分崇敬去喜欢的，便是海了。那辽阔、那淡远，都令我心折。而那雄壮的气象，那平稳的风范，以及那不可测的深沉，一直向人类做着无言的挑战。

我喜欢家，我从来还不知道自己会这样喜欢家。每当我从外面回来，一眼看到那窄窄的红门，我就觉得快乐而自豪，我有一个家多么奇妙！

我也喜欢坐在窗前等他回家来。虽然过往的行人那样多，我总能分辨他的足音。那是很容易的，如果有一个脚步声，一入巷子就开始跑，而且听起来是沉重、急速的大阔步，那就准是他回来了！我喜欢他把钥匙放进门锁中的声音，我喜欢听他一进门就喘着气喊我的英文名字。

我喜欢晚饭后坐在客厅里的时分。灯光如纱，轻轻地撒开。我喜欢听一些协奏曲，一面捧着细瓷的小茶壶暖手。当此之时，我就恍惚能够想象一些田园生活的悠闲。

我也喜欢户外的生活，我喜欢和他并排骑着自行车。当礼拜天早晨我们一起赴教堂的时候，两辆车子便并驰在黎明的道上，朝阳的金波向两旁溅开，我遂觉得那不是一辆脚踏车，而是一艘乘风破浪的飞艇，在无声的欢唱中滑行。我好像忽然又回到刚学会骑车的那个年龄，那样兴奋、那样快活，那样唯我独尊——我喜欢这样的时光。

我喜欢多雨的日子。我喜欢对着一盏昏灯听檐雨的奏鸣。细雨如丝，如一天轻柔的叮咛。这时候我喜欢和他共撑一柄旧伞去散步。伞际垂下晶莹成串的水珠——一幅美丽的珍珠帘子。于是伞下开始有我们宁静隔绝的世界，伞下缭绕着我们成串的往事。

我喜欢在读完一章书后仰起脸来和他说话，我喜欢假想许多事情，"如果我先死了，"我平静地说着，心底却泛起无端的哀愁，"你要怎么样呢？"

"别说傻话，你这憨孩子。"

"我喜欢知道，你一定要告诉我，如果我先死了，你要怎么办？"

他望着我，神色怅然。

"我要离开这里，到很远的地方去，去做什么，我也不知道，总之，是很遥远的、很蛮荒的地方。"

"你要离开这屋子吗？"我急切地问，环视着被布置得像一片紫色梦谷的小屋。我的心在想象中感到一种剧烈的痛楚。

"不，我要拼着命去赚很多钱，买下这栋房子。"他慢慢地说，声音忽然变得凄怆而低沉：

"让每一样东西像原来那样被保持着。哦，不，我们还是别说这些傻话吧！"

我忍不住清泪泫然了，我不明白，为什么我喜欢问这样的问题。

"哦，不要痴了，"他安慰着我，"我们会一起死去的。想想，多美，我们要相携着去参加天国的盛会呢！"

我喜欢相信他的话，我喜欢想象和他一同跨入永恒。

我也喜欢独自想象老去的日子，那时候必是很美的。就好像夕晖满天的景象一样。那时再没有什么可争夺的、可流连的。一切都淡了，都远了，都漠然无介于心了。那时候智慧、深邃、明彻，爱情渐渐醇化，生命也开始慢慢蜕变，好进入另一个安静美丽的世界。啊，那时候，那时候，当我抬头看到精金的大道、碧玉的城门，以及千万只迎接我的号角，我必定是很激励而又很满足的。

我喜欢，我喜欢，这一切我都深深地喜欢！我喜欢能在我心里充满着这样多的喜欢！

到山中去

德：

从山里回来已经两天了，但不知怎的，总觉得满身仍有拂不掉的山之气息。行坐之间，恍惚以为自己就是山上的一块石头，溪边的一棵树。见到人，再也想不起什么客套辞令，只是痴痴傻傻地重复一句话："你到山里头去过吗？"

那天你不能去，真是可惜的。你那么忙，我向来不敢用不急之务打扰你。但这次我忍不住要写信给你。德，人不到山里去、不到水里去，那真是活得冤枉。

说起来也够惭愧了，在外双溪住了五年多，从来就不知道内双溪是什么样子。春天里曾沿着公路走了半点钟，看到山径曲折、野花漫开，就自以为到了内双溪。直到前些天，有朋友到那边漫游归来，我才知道原来山的那边还有山。

平常因为学校在山脚下，宿舍在山腰上，推开窗子，满眼都是起伏的青峦，衬着窗框，俨然就是一卷横幅山水，所以逢到朋友邀我出游，我总是推辞。有时还爱和人抬杠道："何必呢？余胸中自有丘壑。"而这次，我是太累了、太倦了，也太厌了，一种说不出的情绪鼓动着，告诉我在山那边有一种神秘的力量。我于是换了一身绿色轻装，趿上一双绿色软鞋，掷开终年不离手的红笔，跨上一辆跑车，和朋友相偕而去——我一向喜欢绿色，你是知道的，但那天特别喜欢，似乎觉得那颜色让我更接近自然，更融入自然。

德，人间有许多道理，实在是讲不清的。譬如说吧，山山都是石头、都有树木、都有溪流。但，它们是不同的，就像我们人和人不同一样。这些年来，在山这边住这么久，每天看朝云、看晚霞、看晴阴变化，自以为很了解山了，及至到了山那边，才发现那又是另一种气象、另一种意境。其实，严格地说，常被人践踏观赏的山已经算不得什么山。如果不幸成为名山，被那些无聊的人盖了些亭阁楼台，题了些诗文字画，甚至起了观光旅社，那就既不能称其为山，也不能称其为地了。德，你懂了我吗？内双溪一切的优美，全在那一片未凿的天真。让你想到，它现在的形貌和伊甸园时代是完全一样的。我真愿做那样一座山，那样沉郁、那样古朴、那样深邃。德，你愿意吗？

我真希望你看到我，碰见我的人都说我那天快活极了，我怎能不快活呢？我想起了前些年，戴唱给我们听的一首英文歌，那歌词说："我的父亲极其富有，全世界在他权下，我是他的孩子——我掌管平原山野。"德，这真是最快乐的事了——我无法表达我所感受的。我们照了好些相片，以后我会拿给你看，你就可以明白了。唉，其实照片又何尝照得出所以然来，暗箱里容得下风声水响吗？镜头中摄得出草气花香吗？爱默生说，大自然是一件从来没有被描写过的事物。可是，那又怎能算是人们的过失呢？用人的思想去比配上帝的思想，用人工去模拟天工，那岂不是近乎荒谬的吗？

这些日子应该已是初冬了，但那宁静温和的早晨，淡淡地像溶液般四面包围着我们的阳光，只让人想到最柔美的春天，我们的车沿着山路而上，洪水在我们的右方奔腾着，森然的峦石垒叠着。我从没有见过这样急湍的流水和这样巨大的石块。而芦苇又一大片一大片地杂生在小径溪旁。人行到此，只见渊中的水声澎湃，雪白的浪花绽开在黑色的岩石上。那种苍凉的古意四面袭来，心中便无缘无故地伤乱起来。回头看游伴，他们也都怔住了，我真了解什么叫"摄人心魄"了。

"是不是人类看到这种景致，"我悄声问矛，"就会想到自杀呢？"

"是吧，可是不叫自杀——我也说不出来。那时候，我站在长城上，四野苍茫，心头就不知怎的乱撞起来，那时只有一个想法，就是跳下去。"

我无语痴立，一种无形的悲凉在胸臆间上下摇晃。漫野芦草凄然地白着，水声低晃而怆绝。而山溪却依然急湍着。啊，逝者如斯，如斯逝者，为什么它不能稍一回顾呢？

扶车再行，两侧全是壁立的山峰，那样秀拔的气象似乎只能在前人的山水画中一见。远远地有人在山上敲着石头，那单调无变化的金石声传来，令我怃然而惊。有人告诉我，他们是要开一段梯田。我望着那些人，他们究竟知不知道外面的世界呢？当我们快要被紧张和忙碌扼死的时候，当宽坦的街市上树立着被速度造成的伤亡牌，为什么他们独有那样悠闲的岁月，用最原始的凿子，在无人的山间，敲打出最迟缓的时钟？他们似乎也望了望这边，那么，究竟是他们羡慕我们，还是我们羡慕他们呢？

峰回路转，坡度更陡了，推车而上，十分吃力，行到水源地，把车子寄放在一家人门前，继续前行。阳光更浓了，山景益发清晰，一切气味也都被蒸发出来。稻香扑人，真有点儿醺然欲醉的味儿。

这时候，只恨自己未能着一身宽袍，好兜两袖素馨回去。路旁更有许多叫得出来和叫不出来的野花，也都晒干了一身的露水而抬起头来了。在别人看得见和看不见的山径上挥散着它们的美。

渐渐地，我们更接近终点。我向几个在禾场上游戏的孩子问路，立刻有一个浓眉大眼的男孩挺身而出。我想问他瀑布在什么地方，却又不知道台湾话要怎样表达。那孩子用狡黠的眼光望了望我："水墙，是吗？我带你去。"啊，德，好美的名词，水墙。我把这名词翻译出来，大家都赞叹了一遍。那孩子在前面走着，我们很困难地跟着他跑，又跟着他步过小河。他停下来，望望我们，一面指着路边的野花蓓蕾对我们说："它还没开，要是开了，你真不知有多漂亮。"我点头承认——我相信，山中一切的美都超过想象。德，你信吗？我又和那孩子谈了几句话，知道他已经小学五年级了。"你毕业以后要升初中吗？"他回过头来，把正在嚼的草根往路边一扬，大眼中流露出一种不屑的神情："不！"德，你真不知道，当时我有多羞愧。只自觉以往所看的一切书本、一切笔记、一切讲义，都在他的那声"不"中被否认了。德，我们读书干什么呢？究竟干什么呢？我们多少时候连生活是什么都忘了呢！

我们终于到了"水墙"了。德，那一霎真是想哭，那种兴奋，是我没有经历过的。人真该到田园中去，因为我们的老祖宗原来是从那里被赶出来的！啊，德，如果你看到那样宽、那样长、那样壮观的瀑布，你真是什么也不想了。我那天就是那样站着，只觉得要大声唱几句，震撼一下那已经震撼了我的山谷。我想起一首我们都极喜欢的黑人歌："我的财产放置在一个地方，一个地方，远远地在青天之上。"德，真的，直到那天我才忽然憬悟到，我有那样多的美好的产业。像清风明月、像山松野草。我要把它们寄放在溪谷内，我要把它们珍藏在云层上，我要把它们怀抱在深心中。

德，即使当时你胸中折叠着一千丈的愁烦，及至你站在瀑布面前，也会一泻而尽了。甚至你会觉得惊奇，何以你常常会被一句话骚扰，何以常常因一个眼色而气愤。德，这一切都是多余的，都是不必要的。你会感到压在你肩上的重担卸下去了，蒙在你眼睛上的鳞片也脱落下来了。那时候，如果还有什么欲望的话，只是想把水面上的落叶聚拢来，编成一个小筏子，让自己躺在上面，浮槎放海而去。

那时候，德，你真不知我们变得有多疯狂。我和达赤着足在石块与石块之间跳跃着。偶尔苔滑，跌在水里，把裙边全弄湿了，那真叫淋漓尽兴呢！山风把我们的头发梳成一种脱俗的式样，我们不禁相望大笑。哎，德，那种快乐真是说不出来——如果说得出来也没有人肯信。

瀑布很急，其色如霜。人立在丈外，仍能感觉到细细的水珠不断溅来。我们捡了些树枝，燃起一堆火，就在上头烤起肉来。又接了一锅飞泉来烹茶。在那阴湿的山谷中，我们享受着原始人的乐趣。火光照着我们因兴奋而发红的脸，照着焦黄喷香的烤肉，照着吱吱作响的清茗。德，这时候，你会觉得连你的心也是热的、亮的、跳跃的。

我们沿着原路回来，山中那样容易黑，我们只得摸索而行了，冷冷的急流在我们足下响着，真有几分惊险呢！我忽然想起"世道艰难，有甚于此者"，自己也不晓得这句话是从书本上看来的，还是平日的感触。唉，德，为什么我们不生作樵夫、渔夫呢？为什么我们都只能做暂游的武陵人呢？

寻到大路，已是繁星满天了，稀疏的灯光几乎和远星不辨。行囊很轻，吃的已经吃下去了，而带去看的书报也在匆忙中拿去做了火引子。事后想想，也觉好笑，这岂是斯文人做的事？但是，德，这恐怕也是一定的，人总要疯狂一下，荒唐一下，矫时干俗一下，是不是呢？路上，达一直哼着《苏三起解》，矛喊他的秦腔，而我，依然唱着那首黑人名歌："我的财产放置在一个地方，一个地方，远远地在青天之上……"

找到寄车处，主人留我们喝一杯茶。

"住在这里怎样买菜呢？"我们问他们。

"不用买，我们自己种了一畦。"

"肉呢？"

"这附近有几家人，每天由计程车带上一大块也就够了。"

"不常下山玩吧？"

"很少，住在这里，亲戚都疏远了。"

不管怎样，德，我羡慕着那样一种生活，我们人是泥做的，不是吧？我们的脚总不能永远踏在柏油路上、水泥道上和磨石子地上……我们得踏在真真实实的土壤上。

山岚照人，风声如涛。我们只得告辞了。顺路而下，不费一点儿脚力，车子便滑行起来。所谓列子御风，大概也只是这样一种意境吧？

那天，我真是极困乏而又极有精神，极混沌而又极能深思。你能想象我那夜的晚祷吗？德，我真不信有人从大自然中归来，而仍然不信上帝的存在。我说："父啊，叫我知道，你充满万有。叫我知道，你在山中，你在水中，你在风中，你在云中。叫我的心在每一个角落向你下拜。当我年轻的时候，叫我探索你的美。当我年老的时候，叫我咀嚼你的美。终我一生，叫我常常举目望山，好让我在困厄之中，时时支取到从你而来的力量。"

德，你愿意附和我吗？今天又是一个晴天呢！风声在云外呼唤，远山也在送青了。德，拨开你一桌的资料卡，拭净你尘封的眼镜片，让我们到山中去！

你要做什么

1

咖啡初沸，她把自烘的蛋糕和着热腾腾的香气一起端出来，切成一片一片，放在每个人的盘子里。

"说说看，"她轻声轻气，与她一向女豪杰的气势大不一样，"如果可以选择，你想要做什么？"

（可恶！可恶！这种问题其实是问不得的，一问就等于要人掀底，好好的一个下午，好好的咖啡和蛋糕，好好伫立在长窗外的淡水河和观音山，怎么偏来问这种古怪问题！）

她掉头看我，仿佛听到我心里的抱怨。

（好几个月以后，看到她日渐隆起的圆肚子，我原谅她了，怀抱一团生命的女人，总难免对设计命运有点儿兴趣。）

"我——一定得做人吗？"我嗫嚅起来。

"咦？"她惊奇地搅着咖啡，"好吧！不做人也行！那你要做什么？做小鸟吗？"

"老实说，"我赖皮，"'选择'这件事太可怕，'绝对自由'这件事我是经不起的，譬如说，光是性别，我就不会选——只这一件事就可以把我累死。"

我说完，便低下头去假装极专心地吃起蛋糕来。

然而，我是有点儿知道我要做什么的……

2

行经日本的寺庙，每每总会看到一棵小树，远看不真切，竟以为小树开满了白花。走近看，才知道是素色纸签，被人打了个结系在树枝上的。

有人来向我解释，说："因为抽到的签不够好，所以不想带回家去，姑且留在树上吧！"

于是，每经一庙，我总专程停下来，凝神看那矮小披离的奇树，高寒地带的松杉以冰雪敷其绿颜，温带的花树云蒸霞蔚一副迷死人不偿命的意味，热带的果树垂实累累，圣诞树下则有祝福与礼物万千——然而世上竟有这样一株树，独独为别人承受他自己不欲承受的命运。

空廊上传来捶鼓的声音和击掌的声音，黄昏掩至，虔诚礼拜的人果然求得他所祈望的福禄吗？这世上抽得上上签的能有几人呢？而我，如果容我选择，我不要做"有求"的凡胎，我不要做"必应"的神明，钟鸣鼓应不必是我，缭绕花香不须是我，我只愿自己是那株小树，站在局外，容许别人在我的肩上卸下一颗悲伤和惴惴的心。容许他们当不祥的预言，打一个结，系在我的腕上，由我承当。

3

"遥怜故园菊，应傍战场开。"

岑参诗中对化为火场灾域的长安城有着空茫而刺痛的低喟。但痛到极致，所思忆的竟不是人、不是瓦舍，甚至不是官廷，而是年年秋日开得黄灿灿的一片野菊花。

我愿我是田塍或篱畔的野菊，在两军决垒时，我不是大将、不是兵卒，不是矛戈、不是弓箭，不是鲜明的军容，更不是强硬动听的作战理由——我是那不胜不负的菊花，张望着满目的创痕和血迹，倾耳听人的呻吟和马的悲嘶，企图在被朔风所伤、被泪潮所伤、被令人思乡明月所伤的眼睛里成为极温柔、极明亮的一照面。在人世的惨凄里，让我是生者的开拔号，是死者的定音鼓。

4

"黄帝之史仓颉，见鸟兽蹄远之迹……初造书契"，我愿我是一枚梅花鹿或野山羊的蹄痕，清清楚楚地拓印在古代春天的原隰上，如同条理分明的版画，被偶然经过的仓颉看到。

那时是暮春吗？也许是初夏，林间众生的求偶期，小小的泥径间飞鸟经过，野鹿经过，花豹经过，蛇经过，忙碌的季节啊，空气里充满以声相求和以气相引的热闹，而我不曾参与那场奔逐，我是众生离去后留在大地上的痕迹。

而仓颉走来，傻傻的仓颉，喜欲东张西望的仓颉，眼光闪烁仿佛随时要来一场恶作剧的仓颉，他其实只是一个爱捣蛋的大男孩，但因本性憨厚，所以那番捣蛋的欲望总是被人一眼看破。

他急急走来，是为了贪看那只跳脱的野兔？还是为了迷上画眉的短歌？但它们早就逃远了，他只看到我，一枚一枚的鸟兽行后的足印。年轻的仓颉啊，他的两颊因急走而红，他的高额正流下汗珠，他发现我了，那些直的、斜的、长的和短的线条以及那些点、那些圆。还有，他开始看到线与线之间的角度，点与点之际的距离。他的脸越发红起来，汗越发奔激，他懂了，他懂了，他忘了刚才一路追着的鹤踪兽迹，他大声狂呼，扑倒在地，他知道这简单的满地泥痕中有寻不尽的交错重叠和反复，可以组成这世上最美丽的文字，而当他再一次睁开不敢完全置信的眼睛，他惊喜地看到那些鹿的、马的、飞鸟的、猿猴的以及爬虫类的痕迹——而且，还更多，他看到刚才自己因激动而爬行的手痕与足印。

我愿我是那春泥上生活过的众生的记录，我是圆、我是方、我是点、我是线、我是横、我是直、我是交叉、我是平行、我是蹄痕、我是爪痕、我是鳞痕、我是深、我是浅、我是凝聚、我是散。我是即使被一场春雨洗刷掉也平静不觉伤悲、被仓颉领悟模仿也不觉可喜的一枚留痕。

可爱的仓颉，他从痕迹学会了痕迹，他创造的字一代一代传下来，而所有的文字如今仍然是一行行痕迹，用以说明人世的种种情节。

我不做仓颉，我做那远古时代春天原野上使仓颉为之血脉贲张的一枚留痕。

5

日本有一则凄艳的鬼故事，叫"吉备津之釜"（取材自《牡丹灯》），据说有个薄幸的男子叫正太郎，气死了他的发妻，那妻子变成厉鬼来索命。有位法师可怜那人，为他画了符，贴在门上，要他七七四十九天不要出来，自然消灾，厉鬼在门外夜夜詈骂不绝，却不敢进来。及至四十八天已过，那男子因为久困小屋，委顿不堪，深夜隔户一望，只见满庭乍明，万物登莹，他奋然跳出门来，却一把被厉鬼揪住，不是已满了四十九天吗？他临死还愤愤不平，但他立刻懂了，原来黎明尚未到来，使他误以为天亮而大喜的，其实只是如水的月光！

读这样的故事，我总无法像道学家所预期的把"好人""坏人"分出来，《佛经》上爱写"善男子""善女人"，生活里却老是碰到"可笑的男子"和"可悲的女人"。连那个法师也是个可悯可叹的角色吧？人间注定的灾厄劫难岂是他一道悲慈的符咒所化解得了的？如此人世，如此爱罗恨网，吾谁与归？我既不要做那薄幸的男子，更无意做那衔恨复仇的女子，我不必做那徒劳的法师，那么我是谁呢？其实这件事对我而言，一点儿也不困难，在读故事的当时，我毅然迷上那片月光，清冷绝情，不涉一丝是非，倘诗人因而堕泪，胡笳因而动悲，美人因而失防，厉鬼因而逞凶，全都一概不关我事。我仍是中天的月色，千年万世，做一名天上的忠恳的出纳员，负责把太阳交来的光芒转到大地的账上，我不即不离，我无盈无缺，我不喜不悲，我只是一丸冷静的岩石，遥望有多事、多情、多欲、多悔的人世。

世上写月光的诗很多，我却独钟十三世纪时日本人西行所写的一首和歌。那诗简直不是诗，像孩童或白痴的一声半通不通的惊叹，如果直译起来，竟是这样的：

明亮明亮啊

明亮明亮明亮啊

明亮明亮啊

明亮啊明亮明亮

明亮明亮啊明亮

别人写月光是因为说得巧妙善譬而感人，西行的好处却在笨，笨到不会说了，只好愣愣地叫起来，而且赖皮，仿佛在说："不管啦，不管啦，说不清啦，反正很亮就对啦！你自己来看就知道。"

如果我真可选择，容许我是月，光澈绝艳使人误为白昼的月，明坦浩荡使西行之痴愚而失去诗人能力的月。

6

小时候，听人说"烧窑的用破碗"，蒙蒙然不知道是什么意思。

渐渐长大才知道世间竟真是如此，用破碗的，还不只是窑户哩！完美的瓷，我是看过的，宋瓷的雅拙安详，明瓷的华丽斗艳都是古今不再一见的绝色了，然而导游小姐常冷静地转过头来，说：

"这样一件精品，一窑里也难得出一个啊，其他效果不好的就都打烂了！"

大概因为是官窑吧？所以惯于在美的要求上大胆越分，才敢如此狂妄的要求十全十美，才敢于和造化争功而不忌讳天谴。宫里的瓷器原来也是如此"一将功成万骨枯"啊！我每对着冷冷的玻璃，眷那百分之百的无憾无瑕，不免微微惊怖起来，每一件精品背后，都隐隐堆着小家一般的尖锐而悲伤的碎片啊！

　　而民间的陶瓷不是如此的，民间的容器不是案头清供，它总有一定的用途。一只花色不匀称的碗，一把烧出了小疙瘩的酒壶都仍然有生存权，只因为能用。凡能用的就可以卖，凡能卖的就可以运到市场上去，每次窑门打开，一时间七手八脚，窑便忽然搬空了。窑大约是世上最懂得炎凉滋味的一位了，从极热闹、极火炽到极寂寞、极空无——成器的成器，成形的成形，剩下来的是陶匠和空窑，相对峙立，仿佛散戏后的戏子和舞台，彼此都疑幻疑真起来。

　　设想此时正在套车准备离去的陶瓷贩子忽然眼尖，叫了一声：

　　"哎！老王呀，这只碗歪得厉害呀，你自己留下吧！拿去卖可怎么卖呀，除非找个歪嘴的买主！"

　　那叫老王的陶匠接过碗来，果真是个歪碗哩！是拉坯的时候心里惦着老母的病而分了神吗？还是进窑的时候小幺儿在一边吵着要上学而失手碰撞了呢？反正是只无可挽回的坏碗了，没有买主的，留下来自己用吧！不用怎么办？难不成打破吗？好碗自有好碗的造化，只是歪碗也得有人用啊！

　　捏着一只歪碗的陶匠，面对着空空的冷窑，终于有了一点儿落实的证据——具体而微温，仿佛昨日的烈焰仍未褪尽。

　　在满窑成功完好的件头中，我是谁？我只愿意是那只瑕疵显然的歪碗啊！只因残陋，所以甘心守着故窑和故主，让每一个标价找到每一个买主，让每一种功能满足每一种市场，而我是眷眷然留下来的那一只，因为不值得标价而成为无价。

成年后读梅尧臣写瓦匠的诗：

陶尽门前土，
屋上无片瓦。
十指不沾泥，
鳞鳞居大厦。

张俞写蚕妇的诗也类似：

昨日入城市，
归来泪满巾。
遍身罗绮者，
不是养蚕人。

原来世事多半如此吗？一国之中，最优秀的人才注定只供外销吧？守着年老父母的每每是那个憨愚老实的儿子。如果这是一个瓦匠买不起瓦的世界，英雄豪杰或能鼎革造势，而我不能，我只愿是低低的茅檐，为那老瓦匠遮蔽一冬风雪。如果蚕妇无法拥有罗绮，我且去作一袭黯淡发白的老布衣，贴近她愤愤不平的心胸。至于那把一窑的碗盘都卖掉的陶匠，我便是他朝夕不舍的歪碗，或喂水，或饮粥，或注酒，或服药，我是他造次颠沛中的相依。他或者知道，或者并不知道，或者感激，或者因物我归一也并不甚感激，我却因而庄严端贵，如同唐三藏大漠行脚时御赐的紫金盂。

7

很少有故事像《甘泽谣》中的"三生石上"那样美丽：

在春日的清晨吧？一妇人到荆江上峡汲水，她身着一件美丽的织锦裙，在一注流动的碧琉璃前面伫步。阳光灿金，她也为自己动人的倒影而微怔了，是因駘荡的春风吗？是因和暖的春泥吗？她一路行来几若古代的姜嫄，竟有着一脚踏下去便五内皆有感应的成孕感觉。她想着，为自己的荒唐念头而不安，当即一旋身微蹲下去，丰圆的瓦瓮打散满眼琉璃，一刹那间，华丽的裙子膨然胀起，使她像足月待产的妇人，陶瓮汲满了，她端然站直，裙子重又伏贴地垂下，她回身急行的风姿华艳流烁，有如壁画上的飞天。

而那一切，看在一位叫圆观的老僧眼里，一生修持的他忽然心崩血啸，如中烈酒，但他的狂激却又与平静宁穆并起，仿佛他心中一时决堤，涌进了一大片海，那海有十尺巨浪，却也有千寻渊沉。他知道自己爱上这女子了，不，也许不是爱那不知名不知姓的女子，只是爱这样的人世，这样的春天，春天里这样的荆江上峡，江畔这样的殷勤如取经的汲水，以及负瓮者那一旋身时艳采四射的裙子。

"看到那汲水的妇人吗？"老僧转身向他年轻的友人说，"我要死了，她是我来世的母亲。"

圆观当夜就圆寂了，据说十二年后，他的友人在杭州天竺寺外看到一个唱着竹枝词的牧童，像圆观……

世间男子爱女子爱到极致便是愿意粉身立断的吧？是渴望舍身相就如白云之归岫、如稻粒之投春泥的吧？老僧修持一世，如果允许他有愿，他也只想简简单单再投生为人，在一女子温暖的子宫中做一团小小的肉胎。是这样的春天使他想起母亲吗？世上的众神龛中最华美神圣的岂不就是容那一名小儿踞坐的子宫吗？

而我是谁呢？我不是那负瓮汲水的女子，我不是那修持一世的老僧，我只是那系在妇人腰上的长裙，与花香同气息，与水纹同旋律，与众生同繁复的一条织锦裙，我行过风行过大地，看过真情的泪急，见证前生后世的因缘——而我默无一言，我和那女子因一起待孕和待产而鲜艳美丽，我也在她揣着幼儿的手教他举步时逐渐黯然甘心的败旧。我是目击者，我是不忘者，我恒愿自己是那串珠的线，而不是那明珠。

8

"你们想好了没有？"美丽的女主人把咖啡一饮而尽，"我想好了，如果要我选择，我要做一个会唱歌的人。"

而我笑笑，走开，假装去看窗外仰天的观音山，以及被含衔着的落日。我不能告诉她，她的性格里有种穷追不舍的蛮横，如果我告诉她，她一定会叫起来，追根究底地问道："为什么？为什么？为什么你不肯是人？为什么你在回避？人生的掷骰大赌场里你不下注吗？你既不做庄家，又不肯做赌双数或者单数的赌徒，你真的如此超然吗？"

因为知道她要这样问我，所以干脆不说，让她无从问起。但逃不掉的，我自己终于这样问起自己来。然后，我发现我对自己耐心地解释起来。

记得不久以前在中国香港教书，有一天去买了一幅手染的床罩，是中国大陆民间的趣味。我把它罩在床上，一个人发呆发痴地看个不停。到了晚上该睡觉了，我竟睡不着，在沙发上靠靠，在桌边打个盹儿，也就混过去了，只因舍不得掀开啊，那么漂亮、那么迷死人的东西！这样弄了一个礼拜，忽然读到朋友蒋勋的文章，提到民间杨柳青的年画，年年都要换新的，他的结论竟说连美也是不可沉陷、不可耽溺的。我看了大为佩服，见面的时候我说："真佩服你啊！能不耽美，我就做不到！"他笑起来："老实说，我也做不到，你当我那些话是说给谁听的？就是说给自己听的！"

我又猛然想起有一次看伯格曼的电影，其中一位小块有难，有人好心引述良言劝慰他，他哭笑不得，反讥了一句：

"朋友，你真幸福——因为你说的话，你自己都相信。"

原来，所有的话，都是说给自己听的——说给或相信或不相信的自己听的——希望至少能让自己相信自己所说的话，我之所以想做树，想做菊，想做一枚蹄痕，想做月，想做一只残陋的碗，甚至是一条漠然不相干的裙子，不是因我生性超然，相反的是因为我这半生始终是江心一船，崖边一马，"船到江心马到崖"，许多事已不容回头，因而热泪常在目，意气恒在胸，血每沸扬，骨每鸣鸣然作中宵剑鸣，这样的人，如果允许我有愿，我且劝服我自己是江上清风，是石上苔痕，我正试着向自己做说客，要把自己说服啊！至于我听不听自己的劝告，我也不知道啊！

初 心

初哉首基肇祖元胎……

因为书是新的，我翻开来的时候也就特别慎重。书本上的第一页第一行是这样的："初、哉、首、基、肇、祖、元、胎……始也。"

那一年，我十七岁，望着《尔雅》这部书的第一句话而愕然，这书真奇怪啊！把"初"和一堆"初的同义词"并列卷首，仿佛立意要用这一长串"起始"之类的字来做整本书的起始。

也是整个中国文化的起始和基调吧？我有点儿敬畏起来了。

想起另一部书，《圣经》，也是这样开头的：

"起初，上帝创造天地。"

真是简明又壮阔的大笔，无一语修饰形容，却是元气淋漓，如洪钟之声，震耳贯心，令人读着读着竟有坐不住的感觉，所谓壮志陡生，有天下之志，就是这种心情吧！寥寥数字，天工已竟，令人想见日之初升，海之初浪，高山始突，峡谷乍降及大地寂然等待小草涌腾出土的刹那！

而那一年，我十七，刚入中文系，刚买了这本古代第一部字典《尔雅》，立刻就被第一页第一行迷住了，我有点儿喜欢起文字学来了，真好，中国人最初的一本字典（想来也是世人的第一本字典），它的第一个字就是"初"。

"初，裁衣之始也。"文字学的书上如此解释。

我又大为惊动，我当时已略有训练，知道每一个中国文字背后都有一幅图画，但这"初"字背后不止一幅画，而是长长的一幅卷轴。想来当年造字之人初造"初"字的时候，也是煞费苦心的神来之笔。这件事无形可绘、无状可求，如何才能追踪描摹？

他想起了某个女子动作，也许是母亲，也许是妻子，那样慎重地从纺织机上把布取下来，整整齐齐的一匹布，她手握剪刀，当窗而立，她屏息凝神，考虑从哪里下刀，阳光把她微微毛乱的鬓发渲染成一轮光圈。她用神秘而多变的眼光打量着那整匹布，仿佛在主持一项典礼。其实她努力要决定的只不过是究竟该先做一件孩子的小衫好呢？还是先裁自己的一条裙子？一匹布，一如渐渐沉黑的黄昏，有一整夜的美可以预期——当然，也有可能是噩梦，但因为有可能成为噩梦，美梦就更值得去渴望——而在她思来想去的当际，窗外陆陆续续流溢而过的是初春的阳光，是一批一批的风，是雏鸟拿捏不稳的初鸣，是天空上一匹复一匹不知从哪一架纺织机里卷出的浮云。

那女子终于下定决心，一刀剪下去，脸上有一种近乎悲壮的决然。

"初"字，就是这样来的。

人生一世，亦如一匹辛苦织成的布，一刀下去，一切就都裁就了。

整个宇宙的成灭，也可视为一次女子的裁衣啊！我爱上"初"

这个字，并且提醒自己每清晨都该恢复为一个"初人"，每一刻，都要维护住那一片初心。

初发芙蓉

《颜延之传》里这样说：

"颜延之间鲍照已与谢灵运优劣，照曰：'谢五言诗如初发芙蓉，自然可爱，君诗如铺锦列绣，雕缋满眼。'"

六朝人说的芙蓉便是荷花，鲍照用"初发芙蓉"比谢灵运，实在令人羡慕，其实"像荷花"不足为奇，能像"初发水芙蓉"才令人神思飞驰。灵运一生独此四字，也就够了。

后来的文学批评也爱沿用这字，介存斋《论词杂著》论晚唐韦庄的词便说：

"端己词清艳绝伦，初日芙蓉春日柳，使人想见风度。"

中国人没有什么"诗之批评"或"词之批评"，只有"诗话""词话"，而词话好到如此，其本身已凝聚饱实，全华丽如一则小令。

清露晨流新桐初引

《世说新语》里有一则故事，说到王恭和王忱原是好友，以后却因政治上的芥蒂而分手。只是每次遇见良辰美景，王恭总会想到王忱。面对山石流泉，王忱便恢复为王忱，是一个精彩的人，是一个可以共享无限清机的老友。

有一次，春日绝早，王恭独自漫步一幽极、胜极之外，书上记载说：

"子时清露晨流，新桐初引。"

那被人爱悦，被人誉为"濯濯如春月柳"的王恭忽然怅怅冒出一句："王大故自濯濯。"语气里半是生气半是爱惜，翻成白话就是："唉，王大那家伙真没话说——实在是出众！"

不知道为什么，作者在描写这段微妙的人际关系时，把周围环境也一起写进去了。而使我读来怦然心动的也正是那段"于时清露晨流，新桐初引"的附带描述。也许不是什么惊心动魄的大景观，只是一个序幕初启的清晨，只是清晨初初映着阳光闪烁的露水，只是露水装点下的桐树初初抽了芽，遂使得人也变得纯洁灵明起来，甚至强烈地怀想那个有过嫌隙的朋友。

李清照大约也被这光景迷住了，所以她的《念奴娇》里竟把"清露晨流，新桐初引"的句子全搬过去了。一颗露珠，从六朝闪到北宋；一叶新桐，在安静的扉页里晶薄透亮。

我愿我的朋友也在生命中最美好的片刻想起我来，在一切天清地廓之时，在叶嫩花初之际，在霜之始凝，夜之始静，果之初熟，茶之方馨。在船之启碇，鸟之回翼，在婴儿第一次微笑的刹那，想及我。

如果想及我的那人不是朋友，而是敌人（如果我有敌人的话），那也好——不，也许更好，嫌隙虽深，对方却仍会想及我，必然因为我极为精彩的缘故。当然，也因为一片初生的桐叶是那么好，好得足以让人有气度去欣赏仇敌。

立志把自己惯坏

啊！想来想去

如果要给一九九六立个新志向

可也大费周章

譬如说，当"总统"就万万使不得

（喂！说脏话也该"限级脏"）

而"两岸停火"的信用卡，

也并不等我去签账

"地球球长"的位子至今虽然空着

但基于我一向不太满意这枚浑球的形状……

（我是保守党，喜欢传统的天圆地方）

于是我毅然定下了"年度业绩新主张"

从今天起，立志把自己惯坏

让劣迹败行——纲举目张

喂眼睛一滴青山，犒耳朵几排海浪

筹诗为赎款，就可以赎回灵魂

免得它在当铺里流了当

玩一块琥珀，有如虎符在握，可以令时光转场

让你从事八千年前的饭后散步，牵着宠物长毛象

桀纣才须戒酒，以成就圣君贤相

其他凡人则不妨，反正手上并没有一个国可以亡

下酒，以苦味的马勒

零嘴，《圣教序》里有褚遂良

啊！上天，请帮帮忙

助我辈把自己惯坏，并且坏得个有模有样

后　记

这首诗，原是新年期间写给自己把玩的，本来并不打算发表，直到发生了如下的情节：

三月里，我折了一位朋友，朋友姓邝，自高中就同学，联考又凑巧考进同一所大学，也算有缘。当年班上我和她年次比人家晚，而她月份又比我小，所以算起来她是全班最小的了。最小的人却遽然撒手，实在令人气愤，此人也太不懂游戏规则了。

她平生是完美主义者，订婚典礼上的缎子礼服我至今记得。她大眼纤腰，算是个小美人，办起事来尽心竭力，简直是永远的模范生。

就连生病，她也模范极了，几次乳腺癌手术，她从未丧志，一会儿自家种起健康蔬菜来，一会儿赴大陆学气功，术后复健更是努力不懈。这样的人也会死，真想找谁吵它一架！

连死，她也死得模范。她悄悄地捐赠了遗体，也不发讣。灵堂上只见白色姬百合，——皆仿佛她皎洁的化身，芳香不染一尘。后事，

一笔笔她都交代清楚，正像她的本行——会计，她把人生这本账，对得一丝不差。

然而，又怎样呢？"这个故事给我的教训是……"啊！我回家再看看自己的歪诗，原来只打算劝自己使坏，现在想想，也不妨劝天下人都不要过分善良。那些自约自敛的好人都活不长的，大家一起努力把自己稍稍宠坏一点儿吧！

我因此发表了这篇自惕自励之作，期与天下人共勉。

我 在

记得是小学三年级，偶然生病，不能去上学，于是抱膝坐在床上，望着窗外寂寂青山、迟迟春日，心里竟有一分巨大幽沉至今犹不能忘的凄凉。当时因为小，无法对自己说清楚那番因由，但那分痛，却是记得的。

为什么痛呢？现在才懂，只因你知道，你的好朋友都在那里，而你偏不在，于是你痴痴地想，他们此刻在操场上追追打打吗？他们在教室里挨骂吗？他们到底在干什么啊？不管是好是歹，我想跟他们在一起啊！一起挨骂挨打都是好的啊！

于是，开始喜欢点名，大清早，大家都坐得好好的，小脸还没有开始脏，小手还没有汗湿，老师说：

"×××。"

"在！"

正经而清脆，仿佛不是回答老师，而是回答宇宙乾坤，告诉天地，告诉历史，说，有一个孩子"在"这里。

回答"在"字，对我而言总是一种饱满的幸福。

然后，长大了，不必被点名了，却迷上旅行。每到山水胜处，总想举起手来，像那个老是睁着好奇圆眼的孩子，回一声：

"我在。"

"我在"和"某某到此一游"不同，后者张狂跋扈，目无余子，而说"我在"的仍是个清晨去上学的孩子，高高兴兴地回答长者的问题。

其实人与人之间，或为亲情，或为友情，或为爱情，哪一种亲密的情谊不能基于"我在这里，刚好，你也在这里"的前提？一切的爱，不就是"同在"的缘分吗？就连神明，其所以神明，也无非由于"昔在、今在、恒在"，以及"无所不在"的特质。而身为一个人，我对自己"只能出现于这个时间和空间的局限"感到另一种可贵，仿佛我是拼图板上扭曲奇特的一块小形状，单独看，毫无意义，及至恰恰嵌在适当的时空，却也是不可少的一块。天神的存在是无始无终、浩浩莽莽的无限，而我是此时际此山此水中的有情和有觉。

有一年，和丈夫带着一团的年轻人到美国和欧洲去表演，我坚持选崔颢的《长干曲》作为开幕曲，在一站复一站的陌生城市里，舞台上碧色绸子抖出来粼粼水波，唐人乐府悠然导出。

君家何处走，妾住在横塘。
停船暂借问，或恐是同乡。

渺渺烟波里，只因错肩而过，只因你在清风我在明月，只因彼此皆在这地球，而地球又在太虚，所以不免停舟问一句话，问一问彼此隶属的籍贯，问一问昔日所生、他年所葬的故里，那年夏天，我们也是这样一路去问海外中国人的隶属所在的啊！

《旧约》里记载了一则三千年前的故事，那时老先知以利因年迈而昏聩无能，坐视宠坏的儿子横行，小先知撒母耳却仍是幼童，懵懵懂懂地穿件小法袍在空旷的大圣殿里走来走去。然而，事情发生了，有一夜他听见轻声的呼唤：

"撒母耳！"

他虽渴睡却是个机警的孩子，跳起来，便跑到老人以利面前：

"你叫我，我在这里！"

"我没有叫你，"老态龙钟的以利说，"你去睡吧！"

孩子躺下，他又听到相同的叫唤：

"撒母耳！"

"我在这里，是你叫我吧？"他又跑到以利跟前。

"不是，我没叫你，你去睡吧。"

第三次他又听见那召唤的声音，小小的孩子实在给弄糊涂了，但他仍然尽快跑到以利面前。

老以利蓦然一惊，原来孩子已经长大了，原来他不是小孩子梦里听错了话，不，他已听到第一次天音，他已面对神圣的召唤。虽然他只是一个稚弱的小孩，虽然他连什么是"天之钟命"也听不懂，可是，旧时代毕竟已结束，少年英雄会受天承运挑起八方风雨。

"小撒母耳，回去吧！有些事，你以前不懂，如果你再听到那声音，你就说：'神啊！请说，我在这里。'"

撒母耳果真第四度听到声音，夜空烁烁，廊柱耸立如历史，声音从风中来，声音从星光中来，声音从心底的潮声中来，来召唤一个孩子。撒母耳自此至死，一直是个威仪赫赫的先知，只因多年前，当他还是稚童的时候，他答应了那声呼唤，并且说："我，在这里。"

我当然不是先知，从来没有想做"救星"的大志，却喜欢让自己是一个"紧急待命"的人，随时能说："我在，我在这里！"

这辈子从来没喝得那么多，大约是一瓶啤酒吧，那是端午节的晚上，在澎湖的小离岛。为了纪念屈原，渔人那一天不出海，小学校长陪着我们和家长会的朋友吃饭，对着仰着脖子的敬酒者你很难说"不"。他们喝酒的样子和我习见的学院人士大不相同，几杯下肚，忽然红上脸来，原来酒的力量竟是这么大的。起先，那些宽阔黧黑的脸不免不自觉地有一分面对台北人和读书人的卑抑，但一喝了酒，竟人人急着说起话来，说他们没有淡水的日子怎么苦，说淡水管如何修好了又坏了，说他们宁可倾家荡产，也不要天天开船到别的岛上去搬运淡水……

而他们嘴里所说的淡水，在台北人看来，也不过是咸涩难咽的怪味水罢了——只是于他们却是遥不可及的美梦。

我们原来只是想去捐书，只是想为孩子们设置阅览室，没有料到他们红着脸、粗着脖子叫嚷的却是水！这个岛有个好听的名字，叫鸟屿，岩岸是美丽的黑得发亮的玄武石组成的。浪大时，水珠会跳过教室直落到操场上来，澄莹的蓝波里有珍贵的丁香鱼，此刻餐桌上则是酥炸的海胆、鲜美的小鳝……然而这样一个岛，却没有淡水。

我能为他们做什么？在同盏共饮的黄昏，也许什么都不能，但至少我在这里，在倾听，在思索我能做的事……

读书，也是一种"在"。

有一年，到图书馆去，翻一本《春在堂笔记》，那是俞樾先生的集子，红绸精装的封面，打开封底一看，竟然从来也没人借阅过，真是"古来圣贤皆寂寞"啊！心念一动，便把书借回家去。书在，春在，但也要读者在才行啊！我的读书生涯竟像某些人玩"碟仙"，仿佛面对作者的精魄。对我而言，李贺是随召而至的，悲哀悼亡的时刻，我会说："我在这里，来给我念那首《苦昼短》吧！念'吾不识青天高，黄地厚，唯见月寒日暖，来煎人寿'。"读那首韦应物的《调笑令》的时候，我会轻轻地念："胡马，胡马，远放燕支山下。跑沙跑雪独嘶，东望西望路迷。迷路，迷路，边草无穷日暮。"一面觉得自己就是那从唐朝一直狂驰至今不停的战马，不，也许不是马，只是一股激情，被美所迷，被莽莽黄沙和胭脂红的落日所震慑，因而思绪万千，不知所止的激情。

看书的时候，书上总有绰绰人影，其中有我，我总在那里。

《旧约·创世记》里，堕落后的亚当在凉风乍至的伊甸园把自己藏匿起来。上帝说：

"亚当，你在哪里？"

他嗫而不答。

如果是我，我会走出，说：

"上帝，我在，我在这里，请你看着我，我在这里。不比一个凡人好，也不比一个凡人坏，我有我的逊顺祥和，也有我的叛逆凶戾，我在我无限的求真求美的梦里，也在我脆弱不堪一击的人性里。上帝啊，俯察我，我在这里。"

"我在"，意思是说我出席了，在生命的大教室里。

几年前，我在山里说过的一句话容许我再说一遍，作为终响：

"树在。山在。大地在。岁月在。我在。你还要怎样更好的世界？"

"我在！"就是为了证明自己的存在。在这个世界上，在这个城市里，在每一个人的心中，证明自己的价值。这是一种自信、一种坚定。

我想走进那则笑话里去

围坐喝茶的深夜，听到这样的笑话：

有个茶痴，极讲究喝茶，干脆去主宰山高水冽的地方，他常常浩叹世人不懂品茶。如此，二十年过去了。

有一天，大雪，他瀹水泡茶，茶香满室，门外有个樵夫叩门，说：

"先生啊！可不可以给我一杯茶喝？"

茶痴大喜，没想到饮茶半世，此日竟碰上闻香而来的知音，立刻奉上素瓯香茗，来人连尽三杯，大呼，好极好极，几乎到了感激涕零的程度。

茶痴问来人：

"你说得好极，请说说看，这茶好在哪里？"

樵夫一面喝第四杯，一面手舞足蹈：

"太好了，太好了，我刚才快要冻僵了，这茶真好，滚烫滚烫的，一喝下去，人就暖和了。"

因为说的人表演得活灵活现，一桌子的人全笑了，促狭的人立刻现炒现卖，说：

"我们也快喝吧，这茶好啊！滚烫哩！"

我也笑，不过旋即悲伤。

人方少年时，总有些耽溺于美。喝茶，算是生活美学里的一部分。凡是有条件可以在喝茶上讲究的人总舍不得不讲究。及至中年，才不免悯然发现，世上还有美以外的东西。

大凡人世中的美，如音乐，如书法，如室内设计，如舞蹈，总要求先天的敏锐加上后天的训练。前者是天分，当然足以傲人，后者是学养，也是可以自豪的。因此，凡具有审美眼光之人，多少都不免骄傲孤慢吧？《红楼梦》里的妙玉已是出家人，独于"美字头上"勘不破，光看她用隔年的雨水招待贾母刘姥姥喝茶，喝完了，她竟连"官窑脱胎填白盖碗"也不要了——因为嫌那些俗人脏。

黛玉平日虽也是个小心自敛的寄居孤女，但一谈到美，立刻扬眉瞬目，眼中无人，不料一旦碰上妙玉，也只好败下阵来，当时妙玉另备好茶在室内相款，黛玉不该问了一句：

"这也是旧年的雨水？"

妙玉冷笑一声：

"你这么个人，竟是个大俗人，连水也尝不出来！这是五年前我在玄墓蟠香寺住着收的梅花上的雪，统共得了那一鬼脸青的花瓮一瓮，总舍不得吃，埋在地下，今年夏天才开了，我只吃过这一回，这是第二回。你怎么尝不出来？隔年蠲的雨水，哪有这样清凉？如何吃得？"

风雅绝人的黛玉竟也有遭人看作俗物的时候，可见俗与不俗有时也有点儿像才与不才，是个比较上的问题。

笑话里的俗人樵夫也许可笑——但焉知那"茶痴"碰到"超级茶痴"的时候，会不会也遭人贬为俗物？

为了不遭人看为俗气，一定有人累得半死吧！美学其实严酷冷峻，间不容发。其无情处真不下于苛官厉鬼。

十六世纪的日本有位出身寒微的木下藤吉郎，一度改名羽柴秀吉，后来因为军功成为霸主，赐姓丰臣，便是后世熟知的丰臣秀吉。他位极人臣之余很想立刻风雅起来，于是拜了禅僧千利休上道。一日，丰臣秀吉穿过千利休的茶庵小门，见墙上插花一枝，赶紧跑到师父前面，巴巴地说了一句看似开悟的话：

"我懂了！"

千利休笑而不语——唉！我怀疑这千利休根本是故布陷阱。见了花而大叫一声"我懂了"的徒弟，自以为因而可以去领"风雅证书"了，却是全然不解风情的。我猜千利休当时的微笑极阴险也极残酷。不久之后，丰臣就借故把千利休杀了，我敢说千利休临刑之际也在偷笑，笑自己有先见之明，早就看出丰臣秀吉不能身列风雅之辈。

丰臣秀吉大概太累了，"风雅"两字令他疲于奔命，原来世上还有些东西比打仗还辛苦。不如把千利休杀了，从此一了百了。

相较之下，还是刘姥姥豁达，喝了妙玉的茶，她竟敢大大方方地说：

"好虽好，就是淡了些。"

众人要笑，由他去笑，人只要自己承认自己愚俗，神经不知可以少绷断多少根。

那一夜，在众人的哄笑声中，我真想走到那则笑话里去，我想站在那茶痴前面，他正为樵夫的一句话气得跺脚，我大声劝他说："别气了，茶有茶香，茶也有茶温，这人只要你的茶温不要你的茶香，这也没什么呀！深山大雪，有人因你的一盏茶而免于僵冻，你也该满足了。是这人来——虽然是俗人——你才有机会可以得到布施的福气，你也大可以望天谢恩了。"

　　怀不世之绝技，目高于顶，不肯在凡夫俗子身上浪费一丝一毫美，当然也没什么不对。但肯起身为风雪中行来的人奉上一杯热茶，看着对方由僵冷而舒活起来，岂不更为感人——只是，前者的境界是绝美的艺术，后者大约便是近于宗教的悲悯淑世之情了。

林中杂想

1

我躺在树林子里看《水浒传》。

事情是这样开始的，暑假前，我答应学生"带队"，所谓带队，是指带"医疗服务队"到四湖乡去。起先倒还好，后来就渐渐不怎么好了。原来队上出了一位"学术气氛"极浓的副队长，他最先要我们读胡台丽的《媳妇入门》，这倒罢了，不料他接着又一口气指定我们读杨懋春的《乡村社会学》、吴湘相的《晏阳初传》、苏兆堂翻译的《小龙村》，等等。这些书加起来怕不有一尺高，这家伙也太烦人了，这样下去，我们医学院的同学都有成为人类学家和社会学家的危险。

奇怪的是口里虽嘟嘟囔囔地抱怨，心里却也动心，甚至下决心要去看一本早就想看的萨孟武的《〈水浒传〉与中国社会》。问题是要看这本书就该把《水浒传》从头再看一遍。当时就把这本厚厚的章回塞进行囊，一路同去四湖。

而此时，我正躺在林子里看《水浒传》，林子是一片木麻黄，有几分像好汉出没的黑松林，这里没有好汉，奇怪的是倒有一批各自说着乡音的退伍军人，（在这遍地说着海口腔的台西地带，哪儿来的老兵呢？）正横七竖八地躺在石凳上纳凉，我睡的则是一张舒服的折床，是刚才一个妇人让给我的，她说：

　　"喂，我要回家吃饭了，小姐，你帮我睡好这张床。"

　　咦，世间竟有如此好事，我当时把内含巨款的皮包拿来当枕头（所谓巨款，其实也只有五千元，我一向不爱多带钱，这一次例外，因为自觉是"领队老师"，说不定队上有"不时之需"），舒舒服服躺下，看我的《水浒传》，当时我也刚吃过午饭，太阳正当头，但经密密的木麻黄一过滤，整个林子阴阴凉凉的，像一碗柠檬果冻。

　　我正看到第二十八回，武松被刺配两千里外的孟州，路上其实他尽有机会逃跑，他却宁可把松下的枷重新戴上，把封皮贴上，一步步自投孟州而来。

2

　　一路看下去，不能不叫痛快，武松那人容易让人记得的是景阳冈打虎的那一段。现在自己人大了，回头看那一段，倒也不觉可贵。他当时打虎，其实也是非打不可，不打就被虎吃，所以就打了，此外看不出他有什么高贵动机，只能证明，他是天生的拳击好手罢了。倒是第二十八回里做了囚徒的武松，处处透出洒脱的英雄骨气。

　　初到配军，照例须打一百杀威棒，武松既不去送人情，也不肯求饶，只大声大气说：

　　"都不要你众人闹动。要打便打！我若是躲闪一棒的，不是打虎好汉！从先打过的都不算，重新再打起！我若叫一声，便不是阳谷县为事的好男子！"——两边看的人都笑道："这痴汉弄死！且看他如何熬——"

武松不肯折了好汉的名，仍然嚷道：

"要打便打毒些，不要人情棒儿，打我不快活！"

不想事情有了转机，管营想替他开脱，故意说：

"新到囚徒武松，你路上途中曾害甚病来？"

武松不领情，反而犟嘴：

"我于路不曾害病！酒也吃得，饭也吃得，肉也吃得，路也走得！"

管营道：

"这厮是途中得病到这里，我看他面皮才好，且寄下他这顿杀威棒。"两边行仗的军汉低低对武松道："你快说病，这是相公将就你，你快只推曾害便了。"

武松道：

"不曾害！不曾害！打了倒干净！我不要留这一顿'寄库棒'！寄下倒是钩肠债，几时得了！"

两边看的人都笑。管营也笑道：

"想你这汉子多管害热病了，不曾得汗，故出狂言，不要听他，且把去禁在单身房里。"

及至关进牢房，其他囚徒看他未吃杀威棒，反替他担忧起来，告诉他此事绝非好意，想必是使诈，想置他于死地，还活灵活现地形容"塞七窍"的死法叫"盆吊"，用黄沙压则叫作"大布袋"。不料武松听了，最有兴趣的居然是想知道除了此两法以外，还有没有第三种，他说：

"还有什么法度害我？"

当下，管营送来美食。

武松寻思道：

"敢是把这些点心与我吃了却来对付我？……我且落得吃了，却再理会！"

武松把那坛酒来一饮而尽，把肉和面都吃尽了。

武松那一饮一食真是潇洒！人到把富贵等闲看，生死不萦怀之际，并且由于自信，相信命运也站在自己这一边时，才能有这种不在乎的境界，才能耍这种高级的天地也奈何他当得的无赖。吃完了，他冷笑一声：

"看他怎地来对付我！"

等正式晚饭送来，他虽怀疑是"最后的晚餐"，还是吃了。饭后又有人提热水来，他虽怀疑对方会趁他洗澡时下毒手，仍然不在乎，说：

"我也不怕他！且落得洗一洗。"

这几段，真的越看越喜，高兴起来，便翻身拿笔画上要点，加上眉批，恨不得拍掌大笑，觉得自己也是黑松林里的好汉一条，大可天不怕地不怕地过它一辈子。

3

回想起前天随队来四湖的季医生跟我说的一段话，她说：

"你看看，这些小朋友，他们问我，目前群体医疗的政策虽不错，但是将来卫生主管部门总要换人的呀，换了人，政策不同，怎么办？"

两人说着不禁摇头叹气，我们其实不怕卫生主管部门的政策不政策，我们怕的是这才二十岁左右的年轻人，为什么先自把初生之辣的锐气给弄得没有了？是因为一直是好孩子吗？是因为觉得一切东西都应该准备好、布置好，而且，欢迎的音乐已奏响，你才顺利地踏在夹道花香中起步吗？唐三藏之取经，岂不是"向万里无寸草处行脚"；盘古开天辟地之际，混沌一片，哪里有天地？天是由他的头颅顶高的，地是由他踏脚处来踩实踩平的，为什么这一代的年轻人，特别是年轻人中最优秀的那一批，却偏偏希望像古代的新媳妇，一路由别人抬花轿，抬到婆家。在婆家，有一个姓氏在等她，有一个丈夫在等她，有一碗饭供她吃——其实，天晓得，这种日子会好过吗？

武松算不得英雄，算不得豪杰，只不过一介草莽武夫，这一代的人却连这点儿草莽气象也没有了吗？什么时候我们才不会听到"饱学之士"的"无知之言"道：

"我没办法回国呀，我学的东西太尖端，国内没有我吃饭的地方呀！"

孙中山革命的时候，是因为有个"中华民国筹备处"成立好了，并且聘他当主任委员，他才束装回国赴任的吗？曹雪芹是因为"国家文艺基金会"委托他着手撰写一部"当代最伟大的小说"，才动笔写下《红楼梦》第一回的吗？

能不能不害怕、不担忧呢？甚至是过了许多年回头一望的时候，才猛然想起来大叫一声说：

"哎呀，老天，我当时怎么都不知道害怕呢？"

把孔子所不屑的"三思而行"的踌躇让给老年人吧！年轻不就是有莽撞往前去的勇气吗？年轻就是手里握着大把岁月的筹码，那么，在命运的赌局里作乾坤一掷的时候，虽不一定赢，气势上总该能壮阔吧？

4

前些日子，不知谁在服务队住宿营地的门口播放一首歌，那歌因为是早晨和中午的代用起床号，所以每天都要听上几遍，其实那首歌唱得极有味道，沙嘎中自有其抗颜欲辩的率真，只是走来走去、刷牙、洗澡都要听他再三重复那无奈的郁愤，心里的感觉有点儿奇怪：

> 告诉我，世界不会变得太快，
>
> 告诉我，明天不会变得更坏，
>
> 告诉我，人类还没有绝望。
>
> 告诉我，上帝也不会疯狂，
>
> 这未来的未来，我等待……

听久了，心里竟有些怅然，为什么只等待别人来"告诉我"呢？一颗恭谨聆受的心并没有"错"，但，那么年轻的嗓音，那强盛的肺活量，总可以做些什么可以比"等待别人告诉我"更多的事吧？少年振衣，岂不可作千里风幡看？少年瞬目，亦可壮作万古清流想。如此风华、如此岁月，为什么等在那里，为什么等人家来"告诉我"呢？

为什么不是我去"告诉人"呢？去啊！去昭告天下，悬崖上的红心杜鹃不会等人告诉它春天来了，才着手筹备开花，它自己开了花，并且用花的旗语告诉远山近岭，春天已经来了。明灿逼人的木星，何尝接受过谁的手谕才长倾其万斛光华？小小一只绿绣眼，也不用谁来告诉它清晨的美学，它把翠羽的身子浓缩为一撇"美的据点"。万物之中，无论尊卑，不都各有其美丽的信息要告诉别人吗？

有一首英文的长歌，名字叫 To tell the untold，那名字我一看就入迷，是啊，"去告诉那些不曾被告知的人"，真的，仲尼仆仆风尘，在陌生的渡口，向不友善的路人问津，为的是什么？为的岂不是去告诉那些不曾被告知的人吗？达摩一苇渡江，也无非圣人同样的一点儿初衷。而你我十几年乃至几十年孜孜于知识的殿堂，为的又是什么？难道不是要得到更真切的道和理，以便告诉后人吗？我们认真，其实也只为了让自己告诉别人的话更诚恳、更扎实而足以掷地有声（无根的人即使在说真话的时候也类似谎言——因为单薄不实在）。

那唱歌的人"等待别人来告诉我"并不是错误，但能"去告诉别人"岂不更好？去告诉世人，我们的眼波未枯，我们的心仍在奔驰。去告诉世人，有我在，就不准尊严被抹杀，生命被冷落。告诉他们，这世界仍是一个允许梦想、允许希望的地方。告诉他们，这是一个可以栽下树苗也可以期待清荫的土地。

5

回家吃饭的妇人回来了，我把床还她，学生还在不远处的海清宫睡午觉，我站起身来去四面乱逛。想想这世界真好，海边苦热的地方居然有一片木麻黄，木麻黄林下刚好有一张床等我去躺，躺上去居然有千年前的施耐庵来为我讲故事，故事里的好汉又如此痛快可喜。想来一个人只要往前走，大概总会碰到一连串好事的，至于倒霉的事呢？那也总该碰上一些才公平吧？可是事是死的，人是活的，就算碰到倒霉事，总奈何我不得呀！

想想年轻是多么好，因为一切可以发生，也可以消弭，因为可以行、可以止、可以歌、可以哭，那么还有什么可担心的呢？

真的，还有什么可担心的呢？

你不能要求简单的答案

年轻人啊，你问我说："你是怎样学会写作的？"

我说："你的问题不对，我还没有'学会'写作，我仍然在'学'写作。"

你让步了，说："好吧，请告诉我，你是怎么学写作的？"

这一次，你的问题没有错误，我的答案却仍然迟迟不知如何出手，并非我自秘不宣——但是，请想一想，如果你去问一位老兵："请告诉我，你是如何学打仗的？"

——请相信我，你所能获致的答案绝对和"驾车十要"或"电脑入门"不同。有些事无法做简单的回答，一个老兵之所以成为老兵，故事很可能要从他十三岁那年和弟弟一齐用门板扛着被日本人炸死的爹娘去埋葬开始，那里有其一生的悲愤郁结，有整个中国近代史的沉痛、伟大和荒谬。不，你不能要求简单的答案，你不能要一个老兵用明白扼要的字眼儿在你的问卷上做填空题，他不回答则已，如果回答，就必须连着他的一生的故事。你必须同时知道他全身的伤疤，知道他的胃溃疡，知道他五十年来朝朝暮暮的豪情与酸楚……

年轻人啊,你真要问我跟写作有关的事吗?我要说的也是:除非,我不回答你,要回答,其实也不免要夹上一生啊(虽然一生并未过完)!一生的受苦和欢悦,一生的痴意和决绝忍情,一生的有所得和有所舍。写作这件事无从简单回答,你等于要求我向你述说一生。

两岁半,年轻的五姨教我唱歌,唱着唱着,就哭了,那歌词是这样的:"小白菜呀,地里黄呀,三岁两岁,没有娘呀……生个弟弟,比我强呀,弟弟吃面,我喝汤呀……"

我平日少哭,一哭不免惊动妈妈,五姨也慌了,两人追问之下,我哽咽地说出原因:"好可怜啊,那小白菜,晚娘只给他喝汤,喝汤怎么能喝饱呢?"

这事后来成为家族笑话,常常被母亲拿来复述,我当日大概因为小,对孤儿处境不甚了然,同情的重点全在"弟弟吃面他喝汤"的层面上,但就这一点,后来我细想之下,才发现已是"写作人"的根本。人人岂能皆成孤儿而后写孤儿?听孤儿的故事,便放声而哭的孩子,也许是比较可以执笔的吧。所谓"常抱心头一点春,须知世上苦人多"的心情,恐怕是比学问、见解更为重要的,人之所以为人的本源。当然它也同时是写作的本源。

七岁,到了柳州,便在那里读小学三年级。读了些什么,一概忘了,只记得那是一座多山多水的城,好吃的柚子堆在桥的两侧卖。桥在河上,河在美丽的土地上。整个逃离的途程竟像一场旅行。听爸爸一面算计一面说:"你已经走了大半个中国啦,从前的人,一生一世也走不了这许多路的。"小小年纪当时心中也不免陡生豪情侠义。火车在山间蜿蜒,血红的山踯躅开得满眼,小站上有人用小沙甄焖了香肠饭在卖,好吃得令人一世难忘。整个中国的大苦难我并不了然,知道的只是火车穿花而行,轮船破碧疾走,一路懵懵懂懂南行到广州,仿佛也只为到水畔去看珠江大桥，到中山公园去看大象和成天降下祥云千朵的木棉树……

那一番大播迁有多少生离死别，我却因幼小只见山河的壮阔，千里万里的异风异俗，某一夜的山月，某一春的桃林，某一女孩的歌声，某一城埭的黄昏，大人在忧思中不及一见的景致，我却一一铭记在心，乃至一饭一蔬一果，竟也多半不忘。古老民间传说中的天机，每每为童子见到，大约就是因为大人易为思虑所蔽。我当日因为浑然无知，反而直窥入山水的一片清机。山水至今仍是那一砚浓色的墨汁，常容我的笔有所汲饮。

其实，等我长大，真的执笔为文，才发现所写的散文，基本上也类乎日记。也许不是"日记"而是"生记"，是一生的记录。一般的人，只有幸"活一生"，而创作的人，却能"活二生"。第一度的生活是生活本身；第二度则是运用思想再追回它一遍，强迫它复现一遍。萎谢的花不能再艳，磨成粉的石头不能重坚，写作者却能像呼唤亡魂一般把既往的生命唤回，让它有第二次的演出机缘。人类创造文学，想来，目的也即在此吧？我觉得写作是一种无限丰盈的事业，仿佛别人的卷筒里填塞的是一份冰激凌，而我的，是双份，是假日里买一送一的双份冰激凌，丰盈满溢。

也许应该感谢小学老师的，当时为了写日记把日子一寸寸回想再回想的习惯，帮助我有一个内省的、深思的人生。而常常偷来抽笔的母亲，也教会我一件事：不握笔则已，要握，就紧紧地握住，对每一个字负责。

文学对我而言，一直是那个挽回的"手势"。果真能挽回吗？大概不能吧？但至少那是个依恋的手势、强烈的手势，照中国人的说法，则是个天地鬼神亦不免为之愀然色变的手势。

读五年级的时候，有个陈老师很奇怪地要我们几个同学来组织一个"绿野"文艺社。我说"奇怪"，是因为他不知是有意或无意的，竟然丝毫不拿我们当小孩子看待。他要我们编月刊；要我们在运动会里做记者并印发快报；他要我们写朗诵诗，并且上台表演；他要我们写剧本，而且自导自演。我们在校运会中挂着记者条子跑来跑去的时候，全然忘了自己是个孩子，满以为自己真是个记者了，现在回头去看才觉好笑。我如今也教书，很不容易把学生看作成人，当初陈老师真了不起，他给我们的虽然只是信任而不是赞美，但也够了。我仍记得白底红字的油印刊物印出来之后，我们去一一分派的喜悦。

　　我间接认识一个名叫安娜的女孩，据说她也爱诗。她要过生日的时候，我打算送她一本《徐志摩诗集》。那一年我初三，零用钱是没有的，钱的来源必须靠"意外"，要买一本十元左右的书因而是件大事。于是我盘算又盘算，决定一物两用。我打算早一个月买来，小心地读，读完了，还可以完好如新地送给她。不料一读之后就舍不得了，而霸占礼物也说不过去，想来想去，只好动手来抄，把喜欢的诗抄下来。这种事，古人常做，复印机发明以后就渐成绝响了。但不可解的是，抄完诗集以后的我整个和抄书以前的我不一样了。把书送掉的时候，我竟然觉得送出去的只是形体，一切的精华早为我所吸取。这以后，我欲罢不能地抄起书来，例如：向老师借来的冰心的《寄小读者》，或者其他散文、诗、小说，都小心地抄在活页纸上。感谢贫穷，感谢匮乏，使我懂得珍惜，我至今仍深信最好的文学资源是来自双目也来自腕底。古代僧人每每刺血抄经，刺血也许不必，但一字一句抄写的经验却是不应该被取代的享受。仿佛玩玉的人，光看玉是不够的，还要放在手上抚触，行家叫"盘玉"。

中国文字也充满触觉性，必须一个个放在纸上重新描摹——如果可能，加上吟哦会更好，它的听觉和视觉会一时复苏起来，活力弥弥。当此之际，文字如果写的是花，则枝枝叶叶芬芳可攀；如果写的是骏马，则嘶声在耳，鞍辔光鲜，真可一跃而去。我的少年时代没有电视，没有电动玩具，但我反而因此可以看见希腊神话中赛克公主的绝世美貌，黄河冰川上的千古诗魂……

你在信上问我，老是投稿，而又老是遭人退稿，心都灰了，怎么办？

你知道我想怎样回答你吗？如果此刻你站在我面前，如果你真肯接受，我最诚实、最直接的回答便是一阵仰天大笑："啊！哈——哈——哈——哈——哈——"

笑什么呢？其实我可以找到不少"现成话"来塞给你做标准答案，诸如"勿气馁"啦、"不懈志"啦、"再接再厉"啦、"失败为成功之母"啦，可是，那不是我想讲的。我想讲的，其实就只是一阵狂笑！

一阵狂笑是笑什么呢？笑你的问题离奇荒谬。

投稿，就该投中吗？天下哪有如此好事？买奖券的人不敢抱怨自己不中，求婚被拒绝的人也不会到处张扬，开工设厂的人也都事先心里有数，这行业是"可能赔也可能赚"的。为什么只有年轻的投稿人理直气壮地要求自己的作品成为铅字？人生的苦难千重，严重得要命的情况也不知要遇上多少次。生意场上、实验室里、外交场合，安详的表面下潜伏着长年的生死之争。每一类的成功者都有其身经百劫的疤痕，而年轻的你却为一篇退稿陷入低潮？

记得大一那年，由于没有钱寄稿（虽然，稿件视同印刷品，可以半价——唉，邮局真够意思，没发表的稿子他们也视同印刷品呢！——可惜我当时连这半价邮费也付不出啊），于是每天亲自送稿，每天把一番心血交给门口警卫以后便很不好意思地悄悄走开——我说每天，并没有记错，因为少年的心易感，无一事无一物不可记录成文，每天一篇毫不困难。胡适当年责备少年人"无病呻吟"，其实少年在呻吟时未必无病，只因生命资历浅，不知如何把话删削到只剩下"深刻"，遭人退稿也是活该。我每天送稿，因此每天也就可以很准确地收到二天前的退稿，日子竟过得非常有规律起来，投稿和退稿对我而言就像有"动脉"就有"静脉"一般，是合乎自然定律的事情。

如果看到几篇稿子回航就令你沮丧消沉——年轻人，请听我张狂的大笑吧！一个怕退稿的人可怎么去面对冲锋陷阵的人生呢？退稿的灾难只是一滴水、一粒尘的灾难，人生的灾难才叫排山倒海呢，碰到退稿也要沮丧——快别笑死人了！所以说，对我而言，你问我的问题不算"问题"，只算"笑话"，投稿投不中有什么大不了！如果你连这不算事情的事也发愁，你这一生岂不愁死？

有一天，在别人的车尾上看到"独身贵族"四个大字，当下失笑，很想在自己车尾上也标上"已婚平民"四个字。其实，人一结婚，便已堕入平民阶级，一旦生子，几乎成了"贱民"，生活中种种烦琐吃力处，只好一肩担了。平民是难有闲暇的，我因而不能有充裕的写作时间，但我也因而了解升斗小民在庸庸碌碌、乏善可陈生活背后的尊严。我因怀胎和乳养的过程，而能确实怀有"彼亦人子也"的认同态度，我甚至很自然地用一种霸道的母性心情去关爱我们的环境和大地。我人格的成熟是由于我当了母亲，我的写作如果日有臻进，也是基于同样的缘故。

你看，你只问了我一个简单的问题，而我，却为你讲了我的半生。

文章千古事，得失寸心知，记得旅行印度的时候，看到有些小女孩在编丝质地毯，解释者说：必须从幼年就学起，这时她们的指头细柔，可以打最细最精致的结子，有些毯子要花掉一个女孩一生的时间呢！文学的编织也是如此一生一世吧？这世上没有什么不是一生一世的，要做英雄、要做学者、要做诗人、要做情人，所要付出的代价不多不少，只是一生一世，只是生死以之。

　　我，回答了你的问题吗？

我 有

那一下午回家，心里好不如意，坐在窗前，禁不住地怜悯起自己来。

窗棂间爬着一溜儿紫藤，隔着青纱和我对坐着，在微凉的秋风里和我互诉哀愁。

事情总是这样的，你总得不到你所渴望的公平。你努力了，可是并不成功，因为掌握你成功的是别人，而不是你自己。我也许并不稀罕那分成功，可是，心里总不免有一分受愚的感觉。就好像小时候，你站在糖食店的门口的，那里有一份抽奖的牌子，你的眼睛望着那最大最漂亮的奖品，可是你总抽不着，你袋子里的镍币空了，可是那份希望仍然高高地悬着。直到有一天，你忽然发现，事实上根本没有那份奖品，那些藏在一排红纸后面的签全是些空白的或者是近于空白的小奖。

那串紫藤这些日子以来美得有些神奇，秋天里的花就是这样的，不但美丽，而且有那一份凄凄艳艳的韵味。风一过的时候，醉红乱旋，把怜人的红意都荡到隔窗的小室中来了。

唉，这样美丽的下午，把一腔怨烦衬得更不协调了。可恨的还不只是那些事情的本身，更有被那些事扰乱得不再安宁的心。

翠生生的叶子簌簌作响，如同檐前的铜铃，悬着整个风季的音乐。这音乐和蓝天是协调的，和那一滴滴晶莹的红也是协调的——只是和我受愚的心不协调。

其实我们已经受愚多次了，而这么多次，竟没有能改变我们的心，我们仍然对人抱孩子式的信任，仍然固执地期望着良善，仍然宁可被人负，而不负人，所以，我们仍然容易受伤。

我们的心敞开，为要迎一只远方的青鸟，可是扑进来的总是蝙蝠，而我们不肯关上它，我们仍然期待着青鸟。

我站起身，眼前的绿烟红雾缭绕着。使我有着微微眩晕的感觉，遮不住的晚霞破墙而来，把我罩在大教堂的彩色玻璃下，我在那光辉中立着，洒金的分量很沉重地压着我。

"这些都是你的，孩子，这一切。"

一个遥远而又清晰的声音穿过脆薄的叶子传来，很柔和、很有力，很使我震惊。

"我的？"

"我的，我给了你很久了。"

"唔，"我说，"你不知道。"

"我晓得，"他说，声音里流溢着悲悯，"你太忙。"

我哭了，虽然没有责备。

等我抬起头的时候，那声音便悄悄隐去了，只有柔和的晚风久久不肯散去。我疲倦地坐下去，疲于一个下午的怨怼。

我真是很愚蠢的——比我所想象的更愚蠢，其实我一直是这么富有的，我竟然茫无所知，我老是计较着，老是不够洒脱。

有微小的钥匙转动的声音，是他回来了。他总是想偷偷地走进来，让我有一个小小的惊喜，可是他办不到，他的步子又重又实，他就是这样的。

现在他是站在我的背后了，那熟悉的皮夹克的气息四面袭来，把我沉在很幸福的孩童时期的梦幻里。

"不值得的。"他说，"为那些事失望是太廉价了。"

"我晓得，"我玩着一裙阳光喷射的洒金点子，"其实也没有什么。"

人只有两种，幸福的和不幸福的，幸福的人不能因不幸的事变成不幸福，不幸福的人也不能因幸运的事变成幸福。

他的目光俯视着，那里面重复地写着一行最美丽的字眼儿，我立刻再一次知道我是属于哪一类了。

"你一定不晓得的，"我怯怯地说，"我今天才发现，我有好多东西。"

"真的那么多吗？"

"真的，以前我总觉得那些东西是上苍赐予全人类的，但今天你知道，那是我的，我一个的。"

"你好富有。"

"是的，很富有，我的财产好殷实，我告诉你我真的相信，如果今天黄昏时宇宙间只有我一个人，那些晚霞仍然会排铺在天上的，那些花儿仍然会开成一片红色的银河系的。"

忽然我发现那些柔柔的须茎开始在风中探索，多么细弱的挣扎，那些卷卷的绿意随风上下，一种撼人的生命律动。从窗棂间望出去，晚霞的颜色全被这些纤纤约约的小触须给抖乱了，乱得很鲜活。

生命是一种探险，不是吗？那些柔弱的小茎能在风里成长，我又何必在意长长的风季？

忽然，我再也想不起刚才忧愁的真正原因了。我为自己的庸俗愕然了好一会儿。

有一堆温柔的火焰从他双眼中升起。我们在渐冷的暮色里互望着。

"你还有我，不要忘记。"他的声音有如冬夜的音乐，把人圈在一团遥远的烛光里。

我有着的，这一切我一直有着的，我怎么会忽略呢？那些在秋风犹为我绿着的紫藤，那些虽然远在天边还向我灿然的红霞，以及那些在一凝注间的爱情，我还能要求些什么呢？

那些叶片在风里翻着浅绿的浪，如同一列编磬，敲出很古典音色。我忽然听出，这是最美的一次演奏，在整个长长的秋季里。

第二辑

遇 见

地毯的那一端

　　从疾风中走回来，觉得自己像是被浮起来了。山上的草香得那样浓，让我想到，要不是有这样猛烈的风，恐怕空气都会给香得凝冻起来！

　　我昂首而行，黑暗中没有人能看见我的笑容。白色的芦荻在夜色中点染着凉意。

　　这是深秋了，我们的日子在不知不觉中临近了。我遂觉得，我的心像一张新帆，其中每一个角落都被大风吹得那样饱满。

　　星斗清而亮，每一颗都低低地俯下头来。溪水流着，把灯影和星光都流乱了。我忽然感到一种幸福，那种混沌而又陶然的幸福。我从来没有这样亲切地感受到造物的宠爱——真的，我们这样平庸，我总觉得幸福应该给予比我们更好的人。

　　但这是真实的，第一张贺卡已经放在我的案上了。洒满了细碎精致的透明照片，灯光下展示着一个闪烁而又真实的梦境。画上的金钟摇荡，遥遥地传来美丽的回响。我仿佛能听见那悠扬的音韵，我仿佛能嗅到那沁人的玫瑰花香！而尤其让我神往的，是那几行可爱的祝词："愿婚礼的记忆存至永远，愿你们的情爱与日俱增。"

是的，德，永远在增进，永远在更新，永远没有一个边和底——六年了，我们守护着这份情谊，使它依然焕发、依然鲜洁，正如别人所说的，我们是何等幸运。每次回顾我们的交往，我就仿佛走进博物馆的长廊。其间每一处景物都意味着一段美丽的回忆。每一件事都牵扯着一个动人的故事。

那样久远的事了。刚认识你的那年才十七岁，一个多么容易错误的年纪！但是，我知道，我没有错。我生命中再没有一个决定比这项更正确了。前天，大伙儿一块儿吃饭，你笑着说："我这个笨人，我这辈子只做了一件聪明的事。"你没有再说下去，妹妹却拍起手来，说："我知道了！"啊，德，我能够快乐地说，我也知道。因为你做的那件聪明事，我也做了。

那时候，大学生活刚刚展开在我面前。台北的寒风让我每日思念南部的家。在那小小的阁楼里，我呵着手写蜡纸。在草木摇落的道路上，我独自骑车去上学。生活是那样黯淡，心情是那样沉重。在我的日记上有这样一句话："我担心，我会冻死在这小楼上。"而这时候，你来了，你那种毫无企冀的友谊四面环护着我，让我的心触及最温柔的阳光。

我没有兄长，从小我也没有和男孩子同学过。但和你交往却是那样自然，和你谈话又是那样舒服。有时候，我想，如果我是男孩子多么好呢！我们可以一起去爬山、去泛舟。让小船在湖里任意漂荡、任意停泊，没有人会感到惊奇。好几年以后，我将这些想法告诉你，你微笑地注视着我："那，我可不愿意，如果你真想做男孩子，我就做女孩。"而今，德，我没有变成男孩子，但我们可以去遨游，去做山和湖的梦，因为，我们将有更亲密的关系了。啊，想象中终生相爱相随该是多么美好！

那时候，我们穿着学校规定的卡其服。我新烫的头发又总是被风刮得乱蓬蓬的。想起来，我总不明白你为什么那样喜欢接近我。那年大考的时候，我蜷曲在沙发里念书。你跑来，热心地为我讲解英文文法。好心的房东为我们送来一盘卷，我慌乱极了，竟吃得撒了一裙子。你瞅着我说："你真像我妹妹，她和你一样大。"我窘得不知如何是好，只是一径低着头，假作抖那长长的裙幅。

那些日子真是冷极了。每逢没有课的下午，我总是留在小楼上，弹弹风琴，把一本拜尔琴谱都快翻烂了。有一天你对我说："我常在楼下听你弹琴。你好像常弹那首《甜蜜的家庭》。怎样？在想家吗？"我很感激你的窃听，唯有你了解、关切我凄楚的心情。德，那个时候，当你独自听着的时候，你想些什么呢？你想到有一天我们会组织一个家庭吗？你想到我们要用一生的时间以心灵的手指合奏这首歌吗？

寒假过后，你把那部《泰戈尔诗集》还给我。你指着其中一行请我看："如果你不能爱我，就请原谅我的痛苦吧！"我于是知道发生什么事了：我不希望这件事发生，我真的不希望。并非由于我厌恶你，而是因为我太珍重这份素净的友谊，反倒不希望有爱情去加深它的色彩。

但我却乐于和你继续交往。你总是给我一种安全稳妥的感觉。从头起，我就付给你我全部的信任，只是，当时我心中总向往着那种传奇式的、惊心动魄的恋爱。并且喜欢那么一点点的悲剧气氛。为着这些可笑的理由，我耽延着没有接受你的奉献。我奇怪你为什么仍做那样固执的等待。

你那些小小的关怀常令我感动。那年圣诞节你把得来不易的几颗巧克力糖，全部拿来给我了。我爱吃笋豆里的笋子，唯有你注意到，并且耐心地为我挑出来。我常常不晓得照料自己，唯有你想到用自己的外衣披在我身上（我至今不能忘记那衣服的温暖，它在我心中象征了许多意义）。是你，敦促我读书。是你，容忍我偶发的气性。是你，仔细纠正我写作的错误。是你，教导我为人的道理。如果说，我像你的妹妹，那是因为你太像我大哥的缘故。

后来，我们一起得到学校的工读金，分配给我们的是打扫教室的工作。每次你总强迫我放下扫帚，我便只好遥遥地站在教室的末端，看你奋力工作。在炎热的夏季里，你的汗水滴落在地上。我无言地站着，等你扫好了，我就去掸掸桌椅，并且帮你把它们排齐。每次，当我们目光偶然相遇的时候，总感到那样兴奋。我们是这样彼此了解，我们合作的时候总是那样完美。我注意到你手上的硬茧，它们把那虚幻的字眼儿十分具体地说明了。我们就在那飞扬的尘影中完成了大学课程——我们的经济从来没有富裕过；我们的日子却从来没有贫乏过，我们活在梦里，活在诗里，活在无穷无尽的彩色希望里。记得有一次我提到玛格丽特公主在婚礼中说的一句话："世界上从来没有两个人像我们这样快乐过。"你毫不在意地说："那是因为他们不认识我们的缘故。"我喜欢你的自豪，因为我也如此自豪着。

我们终于毕业了，你在掌声中走到台上，代表全系领取毕业证书。我的掌声也夹在众人之中，但我知道你听到了。在那美好的六月清晨，我的眼中噙着欣喜的泪，我感到那样骄傲，我第一次分沾你的成功、你的光荣。

"我在台上偷眼看你，"你把系着彩带的文凭交给我，"要不是中国风俗如此，我一走下台来就要把它送到你面前去的。"

我接过它，心里垂着沉甸甸的喜悦。你站在我面前，高昂而谦和，刚毅而温柔，我忽然发现，我关心你的成功，远远超过我自己的。

那一年，你在受军训。在那样忙碌的生活中，在那样辛苦的演习里，你却那样努力地准备研究所的考试。我知道，你是为谁而做的。在凄长的分别岁月里，我开始了解，存在于我们中间的是怎样一种感情。你来看我，把南部的冬阳全带来了。我一直没有告诉你，当时你临别敬礼的镜头烙在我心上有多深。

我帮着你搜集资料，把抄来的范文一篇篇断句、注释。我那样竭力地做，怀着无上的骄傲。这件事对我而言有太大的意义。这是第一次，我和你共赴一件事，所以当你把录取通知转寄给我的时候，我竟忍不住哭了。德，没有人经历过我们的奋斗，没有人像我们这样相期相勉，没有人多年来在冬夜图书馆的寒灯下彼此伴读。因此，也就没有人了解成功带给我们的兴奋。

我们又可以见面了，能见到真真实实的你是多么幸福。我们又可以去做长长的散步，又可以蹲在旧书摊上享受一个闲散黄昏。我永不能忘记那次去泛舟。回程的时候，忽然起了大风。小船在湖里直打转，你奋力摇橹，累得一身都汗湿了。

"我们的道路也许就是这样吧！"我望着平静而险恶的湖面说，"也许我使你的负担更重了。"

"我不在意，我高兴去搏斗！"你说得那样急切，使我不敢正视你的目光，"只要你肯在我的船上，晓风，你是我最甜蜜的负荷。"

那天我们的船顺利地拢了岸。德，我忘了告诉你，我愿意留在你的船上，我乐于把舵手的位置给你。没有人能给我像你给我的安全感。

只是，人海茫茫，哪里是我们共济的小舟呢？这两年来，为了成家的计划，我们劳累到几乎虐待自己的地步。每次，你快乐的笑容总鼓励着我。

那天晚上你送我回宿舍，当我们迈上那斜斜的山坡，你忽然驻足说："我在地毯的那一端等你！我等着你，晓风，直到你对我完全满意。"

我抬起头来，长长的道路伸延着，如同圣坛前柔软的红毯。我迟疑了一下，便踏向前去。

现在回想起来，已不记得当时是否是个月夜了，只觉得你诚挚的言词闪烁着，在我心中亮起一天星月的清辉。

"就快了！"那以后你常乐观地对我说，"我们马上就可以有一个小小的家。你是那屋子的主人，你喜欢吧？"

我喜欢的，德，我喜欢一间小小的陋屋。到天黑时分我便去拉上长长的落地窗帘，捻亮柔和的灯光，一同享受简单的晚餐。但是，哪里是我们的家呢？哪儿是我们自己的宅院呢？

你借来一辆半旧的脚踏车，四处去打听出租的房子，每次你疲惫不堪地回来，我就感到一种痛楚。

"没有合意的，"你失望地说，"而且太贵，明天我再去看。"

我没有想到有那么多困难，我从不知道成家有那么多琐碎的事，但至终我们总算找到一栋小小的屋子了。有着窄窄的前庭，以及矮矮的榕树。朋友笑它小得像个巢，但我已经十分满意了。无论如何，我们有了可以憩息的地方。当你把钥匙交给我的时候，那重量使我的手臂几乎为之下沉。它让我想起一首可爱的英文诗："我是一个持家者吗？哦，是的，但不止，我还得持护着一颗心。"我知道，你交给我的钥匙也不止此数。你心灵中的每一个空间我都持有一把钥匙，我都有权径行出入。

亚寄来一卷录音带，隔着半个地球，他的祝福依然厚厚地绕着我。那样多好心的朋友来帮我们整理。擦窗子的，补纸门的，扫地的，挂画儿的，插花瓶的，拥拥熙熙地挤满了一屋子。我老觉得我们的小屋快要炸了，快要被澎湃的爱情和友谊撑破了。你觉得吗？他们全都兴奋着，我怎能不兴奋呢？我们将有一个出色的婚礼，一定的。

这些日子我总是累着。去试礼服，去订鲜花，去买首饰，去选窗帘的颜色。我的心像一座喷泉，在阳光下涌溢着七彩的水珠儿。各种奇特复杂的情绪使我眩晕。有时候我也分不清自己是在快乐还是在茫然，是在忧愁还是在兴奋。我眷恋着旧日的生活，它们是那样可爱。我将不再住在宿舍里，享受阳台上的落日。我将不再偎在母亲的身旁，听她长夜话家常。而前面的日子又是怎样的呢？德，我忽然觉得自己好像要被送到另一个境域去了。那里的道路是我未走过的，那里的生活是我过不惯的，我怎能不惴惴然呢？如果说有什么可以安慰我的，那就是：我知道你必定和我一同前去。

冬天就来了，我们的婚礼在即，我喜欢选择这季节，好和你厮守一个长长的严冬。我们屋角里不是放着一个小火炉吗？当寒流来时，我愿其中常闪耀着炭火的红火。我喜欢我们的日子从黯淡凛冽的季节开始，这样，明年的春花才对我们具有更美的意义。

我即将走入礼堂，德，当《婚礼进行曲》奏响的时候，父母将挽着我，送我走到坛前，我的步履将凌过如梦如幻的花香。那时，你将以怎样的微笑迎接我呢？

我们已有过长长的等待，现在只剩下最后的一段了。等待是美的，正如奋斗是美的一样，而今，铺满花瓣的红毯伸向两端，美丽的希冀盘旋而飞舞，我将去即你，和你同去采撷无穷的幸福。当金钟轻摇，蜡炬燃起，我乐于走过众人去立下永恒的誓愿。因为，哦，德，因为我知道，是谁，在地毯的那一端等我。

种种有情

有时候，我到水饺店去，饺子端上来的时候，我总是怔怔地望着那一个个透明饱满的形体，北方人叫它"冒气的元宝"，其实它比冷硬的元宝好多了，饺子自身是一个完美的世界，一张薄茧，包覆着简单而又丰盈的美味。

我特别喜欢看的，是捏合饺子边皮留下的指纹。世界如此冷漠，天地和文明可能在一刹那之间化为灰烬，但无论如何，当我坐在桌前，上面摆着的某个人亲手捏合的饺子，热雾腾腾中，指纹美如古陶器上的雕痕，吃饺子简直可以因而神圣起来。

"手泽"为什么一定要拿来形容书法呢？一切完美的留痕，甚至饺皮上的指纹不都是美丽的手泽吗？我忽然感到万物的有情。

巷口一家饺子馆的招牌是"正宗川味山东饺子馆"，也许是一个四川人和一个山东人合开的，我喜欢那招牌，觉得简直可以画入《清明上河图》。那上面还有电话号码，前面注着"TEL"，算是有了三个英文字母，至于号码本身，写的当然是阿拉伯文，一个小招牌，能涵容了四川、山东、中文、阿拉伯（数）字、英文，不能不说是一种可爱。

校车反正是每天都要坐的，而坐车看书也是每天例有的习惯，有一天，车过中山北路，劈头栽下一片叶子，竟把手里的宋诗打得有了声音，多么令人惊异的断句法。

原来是通风窗里掉下来的，也不知是刚刚新落的叶子，还是某棵树上的叶子在某时候某地方，偶然憩在偶过的车顶上，此刻又偶然掉下来的，我把叶子揉碎，它是早死了，在此刻，它的芳香在我的两掌复活，我张开微绿的指尖，竟恍惚自觉是一棵初生的树，并且刚抽出两片新芽，碧绿而芬芳，温暖而多血，镂饰着奇异的脉络和纹路，一叶在左，一叶在右，我是庄严地合着掌的一截新芽。

两年前的夏天，我们到堪萨斯去看朱和他的全家——标准的神仙眷属，博士的先生，硕士的妻子，数目"恰恰好"的孩子，可靠的年薪，高尚住宅区里的房子，房子前的草坪，草坪外的绿树，绿树外的蓝天……

临行，打算合照一张，我四下浏览，无心地说：

"啊，就在你们这棵柳树下面照好不好？"

"我们的柳树？"朱忽然回过头来，正色地说，"什么叫我们的柳树？我们反正是随时可以走的！我随时可以让它不是'我们的柳树'。"

一年以后，他和全家都回来了，不知堪萨斯城的那棵树的如今属于谁——但朱属于这块土地，他的门前不再有柳树了，他只能把自己栽成这块土地上的一片绿意。

春天，中山北路的红砖道上有人手拿着用粗绒线做的长腿怪鸟在兜卖，风吹着鸟的瘦胫，飘飘然好像真会走路的样子。

有些外国人忍不住停下来买一只。

忽然，有个中国女人停了下来，她不顶年轻，大概三十岁左右，一看就知是出于精明干练日子过得很忙碌的女人。

"这东西很好，"她抓住小贩，"一定要外销，一定赚钱，你到 × × 路 × × 巷 × 号二楼上去，一进门有个 × 小姐，你去找她，她一定会想办法给你弄外销！"

然后她又回头重复了一次地址，才放心走开。

台湾怎能不富，连路上不相干的路人也会指点别人怎么做外销，其实，那种东西厂商也许早就做外销了，但那女人的热心，真是可爱得紧。

暑假里到中部乡下去，弯入一个岔道，在一棵大榕树底下看到一个身架特别小的孩子，把几根绳索吊在大树上，他自己站在一张小板凳上，结着简单的结，要把那几根绳索编成一个网花盆的吊篮。

他的母亲对着他坐在大门口，一边照顾着杂货店，一边也编着美丽的结，蝉声满树，我停下来搭讪着和那妇人说话，问她卖不卖，她告诉我不能卖，因为厂方签好契约是要外销的，带路的当地朋友说他们全是不露声色的财主。

我想起那年在美国逛梅西公司，问柜台小姐那架录音机是不是中国台湾做的，她回了一句：

"当然，反正什么都是日本跟中国台湾来的。"

我一直怀念那条乡下无名的小路，路旁那一对富足的母子，以及他们怎样在满地绿荫里相对坐着，编那织满了蝉声的吊篮。

我习惯请一位姓赖的油漆工人，他是客家人，哥哥做木工，一家人彼此生意都有照顾。有一年我打电话找他们，居然不在，因为到关岛去做工程了，过了一年才回来。

"你们也是要三年出师吧？"有一次我没话找话跟他们闲聊。

"不用，现在两年就行。"

"怎么短了？"

"当然，现代人比较聪明！"

听他说得一本正经，顿时对人类前途都觉得乐观起来，现代的学徒不用生炉子，不用倒马桶，不用替老板娘抱孩子，当然两年就行了。

我一直记得他们一口咬定现代人比较聪明时脸上那份带着尊严的笑容。

老王是一个包工工头，圆滚滚的身材加上圆头、圆脸、圆眼睛——甚至还有个圆鼻子。

可是我一直觉得他简直诗意得厉害。

一张估价单，他也要用毛笔写，还喜欢盯着人问："怎么？这笔字不顶难看吧？"

碰到承包大工程，他就要一个人躲到乌来去，在青山绿水之间仔细推敲工和料的盈亏。

有一次，偶然闲谈，他兴高采烈地提到他在某某地方做过工程。那是一个军事单位。

"有人说那里有核子弹，你看到没有？"

"当然有！"

"有，又怎么会让你看见？"我笑了起来。

"老实说，我也没看见，"他也笑了起来，不过仍是理直气壮的，"不过，有，我也说有，没有，我也说有，反正我就是硬要说它有。我们做老百姓的就是这样。"

有没有核子弹忽然变得不重要，有老王这样的人才是件可爱的事。

学校下面是一所大医院，黄昏的时候，病人出来散步，有些探病的人也三三两两地散步。

那天，我在山径上便遇见了几个这样的人。

习惯上，我喜欢走慢些去偷听别人说话。

其中有一个人，抱怨钱不经用，抱怨抱怨着，像所有的中老年人一样，话题忽然就回到四十年前一块钱能买几百个鸡蛋的老故事上去了。

忽然，有一个人憋不住地叫了起来：

"你知道吗，抗战前，我念初中，有一次在街上捡到一张钱，哎呀，后来我等了一个礼拜天，拿着那张钱进城去，又吃了馆子，又吃了冰激凌，又买了球鞋，又买了字典，又看了电影，哎呀，钱居然还没有花完哪……"

山径渐高，黄昏渐冷。

我驻下脚，看他们渐渐走远，不知为什么，心中涌满对黄昏时分霜鬓的陌生客的关爱，四十年前的一个小男孩，曾被突来的好运弄得多么愉快，四十年后山径上薄凉的黄昏，他仍然不能忘记……不知为什么，我忽然觉得那人只是一个小男孩，如果可能，我愿意自己是那掉钱的人，让人世中平白多出一段传奇故事……

无论如何，能去细味另一个人的惆怅也是一件好事。

元旦的清晨，天气异样的好，不是风和日丽的那种好，是清朗见底、毫无渣滓的一种澄澈。我坐在计程车上赶赴一个会，路遇红灯时，车龙全停了下来，我无聊地探头窗外，只见两个年轻人骑着机车，其中一个说了几句话，忽然兴奋地大叫起来："真是个好主意啊！"我不知他们想出了什么好主意，但看他们阳光下无邪的笑意，也忍不住跟着高兴起来。不知道他们的主意是什么主意，但能在偶然的红灯前遇见一个以前没见过以后也不会见到的人，真是一个奇异的机缘。他们的脸我是记不住的，但那不重要，重要的是我记得他们石破天惊的欢呼，他们或许去郊游，或许去野餐，或许去访问一个美丽的笑靥如花的女孩，他们有没有得到他们预期的喜悦，我不知道，但我至少得到了，我惊喜于我能分享一个陌路的未曾成形的喜悦。

有一次，路过香港，有事要和乔宏的太太联络，习惯上我喜欢凌晨或午夜打电话——因为那时候忙碌的人才可能在家。

"你是早起的还是晚睡的？"

她愣了一下。

"我是既早起又晚睡的，孩子要上学，所以要早起，丈夫要拍戏，所以晚睡——随你多早多晚打来都行。"

这次轮到我愣了，她真厉害，可是厉害的不止她一个人。其实，所有为人妻、为人母的大概都有这份本事——只是她们看起来又那样平凡，平凡得自己都弄不懂自己竟有那么大的本领。

女人，真是一种奇怪的人，她可以没有籍贯、没有职业，甚至没有名字地跟着丈夫活着。她什么都给了人，她年老的时候拿不到一分退休金，但她却活得那么有劲头，她可以早起、可以晚睡，可以吃得极少，可以永无休假地做下去。她一辈子并不清楚自己是在付出还是在拥有。

资深主妇真是一种既可爱又可敬的角色。

文艺会谈结束的那天中午，我因为要赶回宿舍找东西，午餐会迟到了三分钟，慌慌张张地钻进餐厅，席次都坐好了，大家已经开始吃了，忽然有人招呼我过去坐，那里刚好空着一个座位，我不加考虑地就走过去了。

等走到面前，我才呆了，那是谢东闵先生右首的位子，刚才显然是由于大家谦虚而变成了空位,此刻却变成了我这个冒失鬼的位子,我浑身不自在起来,跟"大官"一起总是件令人手足无措的事。

忽然,谢先生转过头来向我道歉:

"我该给你夹菜的,可是,你看,我的右手不方便,真对不起,不能替你服务了,你自己要多吃点儿。"

我一时傻眼望着他,以及他的手,不知该说什么,那只伤痕犹在的手忽然美丽起来,炸得掉的是手指,炸不掉的是一个人的风格和气度。我拼命忍住眼泪,我知道,此刻,我不是坐在一个"大官"旁边,而是一个温煦的"人"的旁边。

经过火车站的时候,我总忍不住要去看留言牌。

那些粉笔字不知道铁路局允许它保留半天或一天,它们不是宣纸上的书法,不是金石上的篆刻,不是小笺上的墨痕,它们注定立刻便要消逝——但它们存在的时候,它是多好的一根丝缘,就那样绾住了人间种种的牵牵绊绊。

我竟把那些句子抄了下来:

缎:久候未遇,已返,请来龙泉见。

春花:等你不见,我走了(我两点再来)。荣。

展:我与姨妈往内埔姐家,晚上九时不来等你。

每次看到那样的字总觉得好,觉得那些不遇、焦灼、愚痴中也自有一份可爱,一份人间的必要的温度。

还有一个人,也不署名,也没称谓,只扎手扎脚地写了"吾走矣"三个大字,板黑字白,气势好像要突破挂板飞去的样子。也不知道究竟是写给某一个人看的,还是写给过往来客的一句诗偈,总之,令人看得心头一震！

《红楼梦》里麻鞋鹑衣的疯道人可以一路唱着"好了歌"，告诉世人万般"好"都是因为"了断"尘缘，但为什么要了断呢？每次我望着大小驿站中的留言牌，总觉万般的好都是因为不了不断、不能割舍而来的。

天地也无非是风雨中的一座驿亭，人生也无非是种种羁心绊意的事和情，能题诗在壁总是好的！

母亲的羽衣

　　讲完了牛郎织女的故事，细看儿子已经垂睫睡去，女儿却犹自瞪着红红的眼睛。

　　忽然，她一把抱紧我的脖子把我赘得发疼："妈妈，你说，你是不是仙女变的？"

　　我一时愣住，只胡乱应道："你说呢？"

　　"你说，你说，你一定要说，"她固执地扳住我不放，"你到底是不是仙女变的？"

　　我是不是仙女变的？——哪一个母亲不是仙女变的？

　　像故事中的小织女，每一个女孩都曾住在星河之畔，她们织虹纺霓、藏云捉月，她们几曾烦心挂虑？她们是天神最偏怜的小女儿，她们终日临水自照，惊讶于自己美丽的羽衣和美丽的肌肤，她们久久凝注着自己的青春，被那份光华弄得痴然如醉。

　　而有一天，她的羽衣不见了，她换上了人间的粗布——她已经决定做一个母亲。有人说她的羽衣被锁在箱子里，她再也不能飞翔了。人们还说，是她丈夫锁上的，钥匙藏在极秘密的地方。

可是，所有的母亲都明白那仙女根本就知道箱子在哪里，她也知道藏钥匙的所在，在某个无人的时候，她甚至会惆怅地开启箱子，用忧伤的目光抚摩那些柔软的羽毛，她知道，只要羽衣一着身，她就会重新回到云端，可是她把柔软白亮的羽毛拍了又拍，仍然无声无息地关上箱子，藏好钥匙。

是她自己锁住那身昔日的羽衣的。

她不能飞了，因为她已不忍飞去。

而狡黠的小女儿总是偷窥到那藏在母亲眼中的秘密。

许多年前，那时我自己还是小女孩，我总是惊奇地窥伺着母亲。

她在口琴背上刻了小小的两个字——"静鸥"，那里面有什么故事吗？那不是母亲的名字，却是母亲名字的谐音，她也曾梦想过自己是一只静栖的海鸥吗？她不怎么会吹口琴，我甚至想不起她吹过什么好听的歌，但那名字对我而言是母亲神秘的羽衣，她轻轻写那两个字的时候，她可以立刻变了一个人，她在那名字里是另外一个我所不认识的有翅的什么。

母亲晒箱子的时候是她另外一种异常的时刻，母亲似乎有好些东西，完全不是拿来用的，只为放在箱底，按时年年在三伏天取出来曝晒。

记忆中母亲晒箱子的时候就是我兴奋欲狂的时候。

母亲晒些什么？我已不记得，记得的是樟木箱子又深又沉，像一个混沌黝黑初生的宇宙，另外还记得的是阳光下竹竿上富丽夺人的颜色，以及怪异却又严肃的樟脑味，以及我在母亲喝噤声中东摸摸西探探的快乐。

我唯一真正记得的一件东西是幅漂亮的湘绣被面，雪白的缎子上，绣着兔子和翠绿的小白菜，和红艳欲滴的小杨花萝卜。全幅上还绣了许多别的令人惊讶赞叹的东西，母亲一面整理，一面会忽然回过头来说："别碰，别碰，等你结婚就送给你。"

我小的时候好想结婚，当然也有点儿害怕，不知为什么，仿佛所有的好东西都是等结了婚就自然是我的了，我觉得一下子有那么多好东西也是怪可怕的事。

那幅湘绣后来好像不知怎么就消失了，我也没有细问。对我而言，那么美丽得不近真实的东西，一旦消失，是一件合理得不能再合理的事。譬如初春的桃花、深秋的枫红，在我看来都是美丽得违了规的东西，是茫茫大化一时的错误，才胡乱把那么多的美推到一种东西上去，桃花理该一夜消失的，不然岂不教世人都疯了？湘绣的消失对我而言简直就是复归大化了。

但不能忘记的是母亲打开箱子时那份欣悦自足的表情，她慢慢地看着那幅湘绣，那时我觉得她忽然不属于周遭的世界，那时候她会忘记晚饭，忘记我扎辫子的红绒绳。她的姿势细想起来，实在是仙女依恋地轻抚着羽衣的姿势，那里有一个前世的记忆，她又快乐又悲哀地将之一一拾起，但是她也知道，她再也不会去拾起往昔了——唯其不会重拾，所以回顾的一刹那更特别的深情凝重。

除了晒箱子，母亲最爱回顾的是早逝的外公对她的宠爱，有时她胃痛，卧在床上，要我把头枕在她的胃上，她慢慢地说起外公。外公似乎很舍得花钱（当然也因为有钱），总是带她上街去吃点心，她总是告诉我当年的肴肉和汤包怎么好吃，甚至煎得两面黄的炒面和女生宿舍里早晨订的冰糖豆浆（母亲总是强调"冰糖"豆浆，因为那是比"砂糖"豆浆更为高贵的）都是超乎我想象力之外的美味。

我每听她说那些事的时候，都惊讶万分——我无论如何不能把那些事和母亲联想在一起。我从有记忆起，母亲就是一个吃剩菜的角色，红烧肉和新炒的蔬菜简直就是理所当然地放在父亲面前的，她自己的面前永远是一盘杂拼的剩菜和一碗"擦锅饭"（擦锅饭就是把剩饭在炒完菜的剩锅中一炒，把锅中的菜汁都擦干净了的那种饭），我简直想不出她不吃剩菜的时候是什么样子。

而母亲口里的外公，上海、南京、汤包、肴肉全是仙境里的东西，母亲每讲起那些事，总有无限的温柔，她既不感伤也不怨叹，只是那样平静地说着。她并不要把那个世界拉回来，我一直都知道这一点，我很安心，我知道下一顿饭她仍然会坐在老地方吃那盘我们大家都不爱吃的剩菜。而到夜晚，她会照例一个门、一个窗地去检点、去上闩。她一直都负责把自己牢锁在这个家里。

哪一个母亲不曾是穿着羽衣的仙女呢？只是她藏好了那件衣服，然后用最黯淡的一件粗布把自己掩藏了，我们有时以为她一直就是那样的。

而此刻，那刚听完故事的小女儿鬼鬼地在窥伺着什么？

她那么小，她由何得知？她是看多了卡通，听多了故事吧？她也发现了什么吗？

是在我的集邮本偶然被儿子翻出来的那一刹那吗？是在我拣出石涛画册或汉碑并一页页细味的那一刻吗？是在我猛然回首听他们弹一阕熟悉的钢琴练习曲的时候吗？抑或在我带他们走过年年的春光，不自主地驻足在杜鹃花旁或流苏树下的一瞬间吗？

或是在我动容地托住父亲的勋章或童年珍藏的北平画片的时候，或是在我翻拣夹在大字典里的干叶之际，或是在我轻声的教他们背一首唐诗的时候……

是有什么语言自我眼中流出呢？是有什么音乐自我腕底泻过吗？为什么那小女孩会问道："妈妈，你是不是仙女变的呀？"

我不是一个和千万母亲一样安分的母亲吗？我不是把属于女孩的羽衣收折得极为秘密吗？我在什么时候泄露了自己呢？

在我的书桌底下放着一个被人弃置的木质砧板，我一直想把它挂起来当一幅画，那真该是一幅庄严的，那样承受过万万千千生活的刀痕和凿印的，但不知为什么，我一直也没有把它挂出来……

天下的母亲不都是那样平凡不起眼儿的一块砧板吗？不都是那样柔顺地接纳了无数尖锐的割伤却默无一语的砧板吗？

而那小女孩，是凭什么神秘的直觉，竟然会问我：

"妈妈，你到底是不是仙女变的？"

我掰开她的小手，救出我被吊得酸麻的脖子，我想对她说："是的，妈妈曾经是一个仙女，在她做小女孩的时候，但现在，她不是了，你才是，你才是一个小小的仙女！"

但我凝注着她晶亮的眼睛，只简单地说了一句："不是，妈妈不是仙女，你快睡觉。"

"真的？"

"真的！"

她听话地闭上了眼睛，旋又不放心睁开。

"如果你是仙女，也要教我仙法哦！"

我笑而不答，替她把被子掖好，她兴奋地转动着眼珠，不知在想什么。

然后，她睡着了。

故事中的仙女既然找回了羽衣，大约也回到云间去睡了。

风睡了，鸟睡了，连夜也睡了。

我守在两张小床之间，久久凝视着他们的睡容。

许士林的独白

——献给那些睽违母颜比十八年更长久的天涯之人

驻马自听

我的马将十里杏花跑成一掠眼的红烟，娘！我回来了！

那尖塔戳得我的眼疼，娘，从小，每天。它嵌在我的窗里、我的梦里，我寂寞童年唯一的风景，娘。

而今，新科的状元，我，许士林，一骑白马、一身红袍来拜我的娘亲。

马踢起大路上的清尘，我的来处是一片雾，勒马蔓草间，一垂鞭，前尘往事，都到眼前。我不需有人讲给我听，只要溯着自己一身的血脉往前走，我总能遇见你，娘。

而今，我一身状元的红袍，有如十八年前，我是一个全身通红的赤子，娘，有谁能撕去这身红袍，重还我为赤子甫有，谁能抟我为无知的泥，重回你的无垠无限？

都说你是蛇，我不知道，而我总坚持我记得十月的相依，我是小渚，在你初暖的春水里被环护。我抵死也要告诉他们，我记得你乳汁的微温。他们总说我只是梦见，他们总说我只是猜想，可是，娘，我知道我是知道的，我知道你的血是温的，泪是烫的，我知道你的名字是"母亲"。

而万古乾坤，百年身世，我们母子就那样缘薄吗？才一月，他们就把你带走了。有母亲的孩子可怜母亲的音容，没母亲的孩子可依向母亲的坟头。而我呢，娘，我向何处破解恶狠狠的符咒？

有人将中国分成江南江北，有人把领域划成关内关外，但对我而言，娘，这世界被截成塔底和塔上。塔底是千年万世的黝黑混沌，塔外是荒凉的日光，无奈的春花和忍情的秋月……塔在前，往事在后。我将前去祭拜，但，娘，此刻我徘徊伫立，十八年，我重溯断了的脐带，一路向你泅去，春阳暖暖，有一种令人没顶的怯惧，一种令人没顶的幸福。塔牢牢地揳死在地里，像以往一样牢，我不敢相信它驮着你有十八年之久，我不能相信，它会永远镇住你。

十八年不见，娘，你的脸会因长期的等待而萎缩干枯吗？有人说，你是美丽的，他们不说我也知道。

认 取

你的身世似乎大家约好了不让我知道，而我是知道的，当我在井旁看一个女子汲水，当我在河畔看一个女子洗衣，当我在偶然的一瞥间看见当窗绣花的女孩，或在灯下纳鞋的老妇，我的眼眶便乍然湿了。娘，我知道你正化身千亿，向我絮絮地说起你的形象。娘，我每日不见你，却又每日见你，在凡间女子的颦眉瞬目间，将你一一认取。

　　而你，娘，你在何处认取我呢？在塔的沉重上吗？在雷峰夕照的一线酡红间吗？在寒来暑往的大地腹腔的脉动里吗？

　　是不是，娘，你一直就认识我，你在我无形体时早已知道我，你从茫茫大化中拼我成形，你从冥没空无处抟我成体。

　　而在峨眉山，在竞绿赛青的千崖万壑间，娘，是否我已在你的胸臆中。当你吐纳朝霞夕露之际，是否我已被你所预见？我在你曾仰视的霓虹中舒昂，我在你曾倚以沉思的树干内缓缓引升，我在花，我在叶，当春天第一声小草冒地而生并欢呼时，你听见我。在秋后零落断雁的哀鸣里，你分辨我，娘，我们必然从一开头就是彼此认识的。娘，真的，在你第一次对人世有所感有所激的刹那，我潜在你无限的喜悦里，而在你有所怨有所叹的时分，我藏在你的无限凄凉里，娘，我们必然是从一开头就彼此认识的，你能记忆吗？娘，我在你的眼，你的胸臆，你的血，你的柔和如春浆的四肢。

湖

　　娘，你来到西湖，从叠烟架翠的峨眉到软红十丈的人间，人间对你而言是非走一趟不可的吗？但里湖、外湖、苏堤、白堤，娘，竟没有一处可堪容你，千年修持，抵不了人间一字相传的血脉姓氏，为什么人类只许自己修仙修道，却不许万物修得人身跟自己平起平坐呢？娘，我一页一页地翻圣贤书，一个一个地去阅人的脸，所谓圣贤书无非要我们做人，但为什么真的人都不想做人呢？娘啊！阅遍了人和书，我只想长哭，娘啊，世间原来并没有人跟你一样痴心地想做人啊！岁岁年年，大雁在头顶的青天上反复指示"人"字是怎么写的，但是，娘，没有一个人在看，更没有一个人看懂了啊！南屏晚钟，三潭印月，曲院风荷，文人笔下西湖是可以有无限题咏的。冷泉一径冷着，飞来峰似乎想飞到哪里去，西湖的游人万千，来了又去了，谁是坐对大好风物想到人间种种就感激欲泣的人呢？娘，除了你，又有谁呢？

雨

西湖上的雨就这样来了，在春天。

是不是从一开头你就知道和父亲注定不能天长地久做夫妻呢？茫茫天地，你只死心塌地眷恋着伞下的那一刹那温情。湖色千顷，水波是冷的，光阴百代，时间是冷的，然而一把伞，一把紫竹为柄的八十四骨的油纸伞下，有人跟人的聚首，伞下有人世的芳馨，千年修持是一张没有记忆的空白，而伞下的片刻却足以传诵千年。娘，从峨眉到西湖，万里的风雨雷霆何尝在你意中，你所以眷眷于那把伞，只是爱与那把伞下的人同行，而你心悦那人，只是因为你爱人世，爱这个温柔缠绵的人世。

而人间聚散无常，娘，伞是聚，伞也是散，八十四支骨架，每一支都可能骨肉撕离。娘啊！也许一开头你就是都知道的，知道又怎样，上天下地，你都敢去较量，你不知道什么叫生死，你强扯一根天上的仙草而硬把人间的死亡扭成生命，金山寺一斗，胜利的究竟是谁呢，法海做了一场灵验的法事，而你，娘，你传下了一则喧腾人口的故事。人世的荒原里谁需要法事？我们要的是可以流传百世的故事，可以乳养生民的故事，可以辉耀童年的梦寐和老年的记忆的故事。

而终于，娘，绕着那一湖无情的寒碧，你来到断桥，斩断情缘的断桥。故事从一湖水开始，也向一湖水结束，娘，峨眉是再也回不去了。在断桥，一场惊天动地的婴啼，我们在彼此的眼泪中相逢，然后，分离。

合　钵

一只钵，将你罩住，小小的一片黑暗竟是你而今而后头上的苍穹。娘，我在噩梦中惊醒千回，在那份窒息中挣扎。都说雷峰塔会在夕照里，千年万世，只专为镇住一个女子的情痴，娘，镇得住吗？我是不信的。

世间男子总以为女子一片痴情，是在他们身上，其实女子所爱的哪里是他们，女子所爱岂不也是春天的湖山，山间的晴岚，岚中的万紫千红，女子爱的是一切好现象、好情怀，是她自己一寸心头万顷清澈的爱意，是她自己也说不清道不尽的满腔柔情。像一朵菊花的"抱香枝头死"，一个女子紧紧怀抱的是她自己亮烈美丽的情操，而一只法海的钵能罩得住什么？娘，被收去的是那桩婚姻，收不去的是属于那婚姻中的恩怨牵挂，被镇住的是你的身体，不是你的着意飘散如暮春飞絮的深情。

——而即使是身体，娘，他们也只能镇住少部分的你，而大部分的你却在我身上活着。是你的傲气塑成我的骨，是你的柔情流成我的血。当我呼吸，娘，我能感到属于你的肺腑，当我走路，我想到你在这世上的行迹。娘，法海始终没有料到，你仍在西湖，在千山万水间自在地观风望月，并且读圣贤书，想天下事，与万千世人摩肩接踵——借一个你的骨血揉成的男孩，借你的儿子。

不管我曾怎样凄伤，但一想起这件事，我就要好好活着，不仅为争一口气，而是为赌一口气！娘，你会赢的，世世代代，你会在我和我的孩子身上活下去。

祭 塔

而娘，塔在前，往事在后，十八年乖隔，我来此只求一拜——人间的新科状元，头簪宫花，身着红袍，要把千种委屈，万种凄凉，都并作纳头一拜。

娘！

那豁然撕裂的是土地吗？

那倏然崩响的是暮云吗？

那颓然而倾斜的是雷峰塔吗？

那哽咽垂泣的是娘，你吗？

是你吗？娘，受孩儿这一拜吧！

你认识这一身通红吗？十八年前是红通通的赤子，而今是宫花红袍的新科状元许士林。我多想扯破这一身红袍，如果我能重还为你当年怀中的赤子，可是，娘，能吗？

当我读人间的圣贤书，娘，当我援笔为文论人间事，我只想到，我是你的儿，满腔是温柔激荡的爱人世的痴情。而此刻，当我纳头而拜，我是我父之子，来将十八年亏欠无奈并作惊天动地的一叩首。

且将我的额血留在塔前，作一朵长红的桃花，笑傲朝霞夕照；且将那崩然有声的头颅击打大地的声音化作永恒的暮鼓，留给法海听，留给一骇而倾的塔听。

人间永远有秦火焚不尽的诗书，法钵罩不住的柔情，娘，唯将今夕的一凝目，抵十八年数不尽的骨中的酸楚，血中的辣辛，娘！

终有一天雷峰塔会倒，终有一天尖耸的塔会化成飞散的泥尘，长存的是你对人间那一点儿执拗的痴！

当我驰马而去，当我在天涯地角，当我歌，当我哭，娘，我忽然明白，你无所不在地临视我，熟知我，我的每一举措于你仍是当年的胎动，扯你，牵你，令你惊喜错愕，令你隔着大地的腹部摸我，并且说："他正在动，他正在动，他要干什么呀？"

让塔骤然而动，娘，且受孩儿这一拜！

后　记

许士林是故事中白素贞和许仙的儿子，大部分的叙述者都只把情节说到"合钵"为止，平剧中"祭塔"一段也并不是经常演出，但我自己极喜欢这一段，我喜欢那种利剑斩不断、法钵罩不住的人间牵绊，本文试着细细表出许士林叩拜囚在塔中的母亲的心情。

重读一封前世的信

做编辑的，催起人来，几乎令人可以想见未来某一日死神来催命的情势。当然，往好处想，我今日既有本事死抵御编辑相催，他日，也许就不怎么怕死神的凌逼了。

我平日因疏懒成性，文债渐积渐多，只是，债多不愁，反正能躲则躲，能赖则赖，实在躲不掉也赖不掉的，就先应付一下。最近的债主是某报，人家要专案介绍我，不向我找资料又跟谁要资料呢？我很想哀告一声，说：

"喂，关于张晓风的资料，未必我张晓风就是权威呀！谁规定我该研究我自己？收集我自己？谁说我该提供有关张晓风的资料？我又不是给张晓风管资料的。"

如果要我在这世上找出少数几件我没什么大兴趣的事，"研究张晓风"一定会是其中的一项。想想，世上好玩的事有多么多呀！值得去留意一下的事有千桩万桩哩！譬如说：可以拿来做意大利面的特别小麦叫"杜兰小麦"，只有"杜兰"可以构成那迷人的韧劲儿。而且，意大利文有句"阿尔甸特"，意思便专指那份韧韧的嚼头。

又譬如说马来人过新年的时候，晚辈跪拜父母，说"敏达玛阿夫"（Minta Maaf），意思是"请饶恕我过去一年得罪你的地方"（啊，我多么希望普天下的人过新年的时候都互道这句话，它比"新年快乐"要有意思得多了）。

又譬如台湾有种开在冬天的白色兰花叫"阿妈兰"（即祖母兰），开得天长地久，总也不谢，让人几乎以为它是永恒的。而开在春天的小朵紫色兰花却叫"小男孩"，一副顽皮又闯荡的样子。

还有初夏时节，紫霞满树，危耸耸开遍洛杉矶和南美洲的那种"美死了人不偿命"的花树，有个绕口的名字叫"夹卡润达"（Gacaranta），中文有个文绉绉的翻译叫"蓝花楹"……世上"杂学"无限，张晓风去搬弄张晓风的资料，一方面是无趣，一方面也是胜之不武吧？

但人家在催，我也只好去找。"找自己"是件蛮累的事，而且往往并无收获。倒是有一天木匠阿陈来修衣橱，抖出一包信，我正打算拿去丢掉，不料却发现那泛黄的纸页上有一片熟悉的笔迹。凑近一看，几乎昏倒。

天哪！那是朱桥的信啊！朱桥死了有三十年了吧？他曾经是多么优秀的一个编辑啊！而他是自杀死的，"自杀"在当年是个邪恶的、不干净的字眼儿。他所服务的单位大概因而非常不以为然，所以他连身后该有的哀荣也没有捞到。丧礼上的亲属只有他的老姨妈，她用江北口音有腔有调地哭数着：

"朱家骏呀！你妈把你交给了我带来台湾呀！叫我以后回去怎么向你妈交代呀！"

过一会儿，想起来，她又补唱几句：

"你的志向高呀，平常的女孩子你都不要呀！至今还没成家呀！"

我非常惊讶，因为老姨妈似乎在用哭腔哭调告诉众亲朋好友：

"对于他的死，我是无罪的。不要以为我不照顾他，他没有成婚，他眼界高，他看上的女孩子人家看不上他，他的婚姻不是我耽误的。"

三十年后我才逐渐了解，晚期的朱桥其实是在精神耗弱的状态下，产生了极度的"沮丧"。这事如果发生在今天，医生会认为这只不过是极平常的"忧郁症"，每天早晨吃一颗"百忧解"也就过去了。可怜当年的朱桥虽一度皈依佛门，却仍然二度自杀，似乎下定必死的决心。

曾经，为了催稿，他在作者家中整夜苦苦守候。曾经，他自掏腰包预付某些作者的稿费。他曾经把《幼狮文艺》办得多么叫好又叫座啊！

此刻，这封三十三年前来自编者案头的信竟忽然出现在我眼底，令我惊悚流泪。是前世的信吗？真的有点儿像，古人是以三十年为一世的。虽然，所谓的三十年，其实，也只像一瞬。

那时代穷，还没有发明什么用五万、十万的巨额奖金去鼓励文学青年的事（文学青年一概皆靠编者的信来加以鼓励）。1996 年，我参加了奖金千元的"学艺竞赛"，并且得了奖。我当时二十五岁，翌年，我获得中山文艺奖（奖金五万元），以后又曾获得十万的或四十万的奖金——奇怪的是，我最难忘的却是这奖额千元的奖，只因评审会中有人因我的文章而哭泣。那泪水，胜过千万金银。

刚解严的那阵子，有外国电视记者来访问，他提出问题："尚未解严的时候，你的写作是不是很不自由？"

我说："不，我一向都是自由的，我想写什么就写什么——问题是编辑，看他敢不敢登而已。"

1966 年，我写了《十月的哭泣》，算是当时权威能忍受的极限吧？而朱桥在《幼狮》上刊登此文，其实也冒着掼掉总编头衔的危险吧？

我当时少不更事，哪里知道自己痛快驰文之际，竟会害别人要赌上自己的前程。当今之世，肯为作者而一掷前程的编者又有几人呢？

朱桥的那封信是这样写的：

晓风小姐：

我愿意向你致最大的敬意，当我读完《十月的哭泣》之后，正和你含着泪写一样，我也含着泪读。今天，我给魏子云先生看，他比我更为激动，他不仅是热泪盈眶，而且他说要找一座山痛哭一场。

尼采说："余最爱读以血泪写成的作品。"唯有以真诚的情感，才能打动人，特别是在我们今天处于这个惨痛的悲剧时代，本着这份感知，就我一个平凡的人而言，多少年的清晨与长夜，我都是为着一点儿爱国热忱，贡献了我能贡献的。

就我编《幼狮文艺》后，虽然不如理想，但也看得出这份努力的心意。对于当前文坛上那些享受虚名与渔利之徒，时常令我齿冷，目前风气所趋，也是徒唤奈何的，因此，我对你抱着"那个题材不感动你的，而不邃尔下笔"是非常对的，希望你保持这份难得的态度。

学艺竞赛收稿已截止，就我观察而言，你的大作"获奖"是绝无问题的了。你信中说，你在情绪激动之下完成此作，有些小地方需要斟酌，我和魏子云先生研究很久，略为改动几处几个字，同时把题目拟改为《十月的阳光》。

我们也知道，一字不改最好，因为你已用得很妥切了。为了免得被一些肤浅之辈断章取义，还是略加更改的为好。虽然，我们的刊物政治立场鲜明，但比任何民营报刊更不八股，别人不敢刊登的，我们反而敢刊登，我们敢刊登的别人亦未见得敢刊登，所以，改动数字几乎是必须的，尚请裁酌！

我非常快慰，能获得大作参加学艺竞赛，谢谢您给我们这篇好文章！敬祝

大安

朱桥

1966 年 10 月 17 日

以今天的标准来看，那篇文章只不过大胆真实，并没有忤逆之处。但是事隔几年，当齐邦媛教授和余光中教授两人要把该文选入某文选的时候，两人也彼此做壮语道：

"管他的，杀头就杀头，选是一定要选的。"

我很庆幸，齐余两人的大好头颅都安全无恙。而我，其实我并没有做什么坏事，我只不过在三十三年前的十月庆典上哭泣，当局一向要的是山呼万岁——而我却哭泣，不料竟引动众人与我一同哭泣……啊！三十三年前，那曾是一个怎样的时代啊！

我曾于两年前为隐地的书写序，其中有段论述是这样写的：

曾经听一位老作家用十分羡慕的口吻说起现代年轻一辈的作者：

"我觉得他们真了不起，他们又聪明又有学问，又有文笔。他们以后的成就一定不得了——不像我们当年，没有科班出身，只好瞎摸！"

我反驳说："也不见得，这一代，他们的确比较精明干练，但要说文学上的成就，那又是另一回事了。"

"怎么说呢？"

"文学这东西我说，太聪明的人根本碰不得，聪明人就会分心，就会旁骛。老一辈的作者，文学对于他们而言就好像风雪暗夜荒原行

路人手中所拿的那根小火炬，因为风大，你只好用手护着火火苗——而护得急了，连手都差点儿烧烂。但你不能不好好护着它，因为在群狼当道的原野中，一旦火熄了，你就完了。那火炬成了你的唯一，你忍着手心的疼痛，抵死护好那小小的蹿动的火苗。

"现在的作者不是，写作是他众多本领中的一项，他靠此吃饭，或者不靠此吃饭，他表演，他享受掌声和金钱，他游走，他回来，他在排行榜上。他翻阅这个月的新书，他的心不痛，从来不痛，因为他是个快乐的书写作业员。

"而老一辈的作者，他们手中捧着火苗前行，那火苗便是文学。那烫得人手心灼痛欲焦的文学。你忍受，只因在茫茫荒郊、漫漫长夜、风雪相侵、生死交扣的时刻，舍此之外，你一无所有。

"相较之下，今日的文学是众多消费品中的一项，是琳琅市场上和肥皂、和电池、和冰箱除臭剂、和洋芋片、和保险套一起贩售的东西。一旦退货，立刻变成纸浆。

"现代的作者也许更有才华，但文学女神要的祭品却是你的痴狂和忠贞。"

我今天重读三十三年前一个编辑、一个文学人对年轻作者的殷殷期许，内心惶愧交煎。所有的生者对死者其实都欠着一副担子，因为死者谢世之际，无形中等于说了一句：

"担子，该由你们来挑了。"

当年曾经受人祝福、受人包容、受人期许的我，此刻，总该像地心的融雪之泉，为自己流经的土地而喷珠溅玉吧？

我真的肯做一个乐人之乐、苦人之苦、因别人的伤口而流血、因远方的哭声而倾泪的人吗？手中捏着前世的信，我逼问我自己。

情　怀

陈师道的诗说："好怀百岁几时开？"

其实，好情怀是可以很奢侈地日日有的。

退一步说，即使不是绝对快活的情怀，那又何妨呢？只要胸中自有其情怀，也就够好了。

1

校车过中山北路，偶然停在红灯前。一阵偶然的阳光把一株偶然的行道树的树影投在我的裙子上。我惊讶地望着那参差的树影——多么陌生的刺绣，是湘绣？还是苏绣？

然后，绿灯亮了，车开动了，绣痕消失了。

我那一整天都怀抱着满心异样的温柔，像过年时乍穿新衣的小孩，又像猝然间被黄袍加身的帝王，忽觉自己无限矜贵。

2

在乡间的小路边等车，车子死也不来。

我抱书站在那里，一筹莫展。

可是，等车不来，等到的却是疏篱上的金黄色的丝瓜花，花香成阵，直向人身上扑来，花棚外有四野的山、绕山的水、抱住水的岸，以及抱住岸的草，我才忽然发现自己已经陷入美的重围了。

在这样的一种驿站上等车，车不来又何妨？事不办又何妨？

车是什么时候来的？我忘了；事是怎么办的？我也忘了；长记不忘的是满篱生气勃勃照眼生明的黄花。

3

另一次类似的经验是在夜里，站在树影里等公车。那条路在白天车尘沸扬，可是在夜里静得出奇。站久了我才猛然发现头上是一棵开着香花的树，那时节是暮春，那花是乳白色须状的花，我好像在什么地方听过它叫马鬃花。

暗夜里，我因那固执安静的花香感到一种互通声息的快乐，仿佛一个参禅者，我似乎懂了那花，又似乎不懂。懂它固然快乐——因为懂是一种了解，不懂又自是另一种快乐——唯其不懂才能挫下自己的锐角，心悦诚服地去致敬。

或以香息，或以色泽，花总是令我惊奇诧异。

4

五月里，我正在研究室里整理旧稿，一只漂亮的蓝蜻蜓忽然穿窗而入。我一下子措手不及，整个乱了手脚，又怕它被玻璃橱撞昏了，又想多挽留它一下，当然，我也想指点它如何逃走。

但整个事情发生得太快，它一会儿撞到元杂剧上，一会儿又撞在全唐诗上，一会儿又撞到莎剧全集上，我简直不知怎么办才好。

然后，不着痕的，仅仅在几秒钟之间，它又飞走了。

留下我怔怔地站在书与书之间。

是它把书香误作花香了呢？还是它蓄意要来棒喝我，要我惊悟读书一世也无非东撞一头西碰一下罢了。

我探头窗外，后山的岩石垒着岩石，相思树叠着相思树，独不见那只蜻蜓。

奇怪的是仅仅几秒钟的遇合，研究室中似乎从此就完全不一样了，我一直记得，这是一个蓝蜻蜓造访过的地方。

5

看儿子画画，忍不住"扑哧"一声笑了出来。

他用原子笔画了一幅太阳画，线条很仔细，似乎有人在太空漫步，有人在太空船里，但令我失笑的是由于他正正经经地画了一间"移民局"。

这一代的孩子是自有他们的气魄的。

6

十一月，秋阳轻轻如披肩，我置身在一座山里。

忽然一个穿大红夹克的男孩走入小店来，手里拿着一沓粉红色的信封。

小店的主人急急推开木耳和香菇，迎了出来，他粗夹着嗓子叫道：

"欢迎，欢迎，喜从天降！你一来把喜气都带来啦！"

听口音，是四川人，我猜想他大概是退役的老兵，那腼腆的男孩咕哝了几句，又过了街到对面人家去挨户送帖子了。

我心中莫名地高兴着，在这荒山里，有一对男孩女孩要结婚了，也许全村的人都要去喝喜酒，我是外人，我不能留下来参加婚宴，但也一团欢喜，看他一路走着去分发自己的喜帖。

深山、淡日，万绿丛中红夹克的男孩，用毛笔正楷写得规规矩矩的粉红喜柬……在一个陌生过客的眼中原是可以如此亲切美丽的。

7

我在巷子里走，那公寓顶层的软枝黄蝉郸郸地垂下来。

我抬头仰望，把自己站得像悬崖绝壁前的面壁修道人。

真不知道那花为什么会有那么长又那么好听的名字，我仰着脖子，定定地望着一片水泥森林中的那一窝艳黄，觉得有一种窥伺不属于自己的东西的快乐。

我终于下定决心去按那家的门铃。请那主妇告诉我她的电话号码，我要向她请教跟花有关的事，她告诉我她是段太太。

有一个心情很好的黄昏，我跟她通话。

"你府上是安徽？"说了几句话以后，我肯定地说。

"是啊，是啊！"她开心地笑了，"你怎么都知道啊？我口音太重了吧？"

问她花怎么种得那么好，她谦虚地说也没什么秘方，不过有时把洗鱼洗肉的水随便浇浇就是了。她又叫我去看她的花架，不必客气。

她说得那么轻松，我也不得要领——但是我忽然发觉，我原来并不想知道什么种花的窍门儿，我根本不想种花，我在本质上一向不过是个赏花人。可是，我为什么要去问呢？我也不知道，大概只是一时冲动，看了开得太好的花，我想知道它的主人。

以后再经过的时候，我的眼睛照例要搜索那架软枝黄蝉，并且有一种说不出的安心——因为知道它是段太太的花，风朝雨夕，总有个段太太会牵心挂意，这个既有软枝黄蝉又有段太太的巷子是多么好啊！

我是一个很容易就不放心的人——却也往往很容易就又放了心。

8

有一种病，我大概平均每一年到一年半之间，一定会犯一次——我喜欢逛旧货店。

旧货店不是古董店，古董店有一种逼人的贵族气息，我不敢进去。那种地方要钱、要闲，还要有学问，旧货店却是生活的，你如果买了旧货，不必钉个架子陈设它，你可以直接放在生活里用。

我去旧货店多半的时候其实并不买，我喜欢东张西望地看，黑洞洞不讲究装潢的厅堂里有桌子、椅子、柜子、床铺、书、灯台、杯子、熨斗、碗勺、刀叉、电唱机、唱片、洋娃娃、龙毽和玳瑁的标本、钩花桌巾……

我在那里摸摸翻翻，心情又平静又激越。

——曾有一些人在那里面生活过。

——在人生的戏台上，它们都曾是多么称职的道具。

——墙角的小浴盆，曾有怎样心慌意乱的小母亲站在它面前给新生的娃娃洗澡。

——门边的咖啡桌，是被哪个粗心的主人烫了三个茶杯印？

——那道书桌上的明显刀痕是不是小孩子弄的，他闯了祸不知道有没有挨骂？

——龙毽的尾巴怎么会伤的？

——烟灰缸怎么砸了一小角，是谁用强力胶粘上去的？

——那茶壶泡过多少次茶才积上如此古黯的茶垢？那人喝什么茶？乌龙？还是香片？

——酌过多少欢乐？那尘封的酒杯。

——照暖多少夜晚，那落地灯。

我就那样周而复始地摩挲过去，仿佛置身散戏后的剧场，那些人都到哪里去了？死了？散了？走了？或是仍在？

有人吊贾谊，有人吊屈原，有人吊大江赤壁中被浪花淘尽的千古英雄，但每到旧货店去，我想的是那些无名的人物，在许多细细琐琐的物件中，日复一日被消磨的小民。

泰山封禅，不同的古体字记载不同的王族。燕山勒铭，不同的石头记载不同的战勋。那些都是一些"发生"、一些"故事"。

我喜欢看到"故事"和"发生"。

那么真实强烈而又默无一语，生活在那里完成，我喜欢旧货店。

9

和旧货店相反，我也爱五金店。

旧货店里充满"已然"，充满"旧事"，而五金行里的一张搓板或一块海绵却充满"未知"。

"未知"使我敬畏，使我迷惘，我站立在五金店里总有万感交集。

仿佛墨子的悲丝，只因为原来食于一棵桑树，养于一双女手，结茧于一个屋檐下的白丝顷刻间便"染于黄则黄""染于苍则苍"，它们将被织成什么？绣成什么？它们将去到什么地方？它们将怎样被对待？它们充满了一切好的和坏的可能性。

墨子因而悲怆了。

而我站在五金行里，望着那些堆在地下的、放在架上的，以及悬在头上的交叠堆砌的东西，也不禁迷离起来。

都是水壶，都是同一架机器的成品，被买去了当然也都是烧水用的。但哪一个，会到一个美丽的人家，是个"有情人喝水都甜"的地方？而哪一个将注定放在冷灶上，度它的朝晨和黄昏？

一式一样的饭盒，一旦卖出去，将各装着什么样口味的菜？给一个怎样的孩子食用？那孩子——一边天天吃着这只饭盒，一边又将茁长为怎样的成人？

同样的垃圾桶将吞吐怎样不同的东西？被泡掉了滋味的茶渣？被食去了红瓤的瓜皮？一封撕碎的情书？一双过时的鞋？

五金店里充满一切可能性，一切属于小市民生活里的种种可能性。

我爱站在五金店里，我爱站在一切的"未然"之前，沉思，并且为想不通的事情惊奇。

10

我有一个黑色的小皮箱，是旅行时旧箱子坏了，朋友临时送我的。朋友是因为好玩，跟她一个邻居老先生在"汽车间市集"（即临时买旧货处）贱价买来的，把箱子转给我的时候，她告诉我那号码是088，然后，她又告诉我当时卖箱子的老先生说，他所以选088，是因为中学踢足球的时候，背上的号码是088。

每次开阖箱子，我总想起那素昧平生的老人，想起他的少年，炒起蚵仔煎来。

大红色的球衣，以及球衣背后的骄傲号码，是不是被许多男孩嫉妒的号码？是不是令许多女孩疯狂的号码？

每次一开一阖间，我所取出取进的岂是衣衫杂物，那是一个呼之欲出的故事，一个鲜明活跃的特定，一种真真实实曾在远方远代里进行的发生。

我怎么会惦念着一个不知名姓的异国老人呢？这里面似乎有些东方式的神秘因缘。

或开，或阖，我会在怔忡不解中想起那已是老人的球员。

11

这个世界充满了权威和专家，他们一天到晚指导我们——包括我们的婚姻。

婚姻指导的书也不知看过多少本了。反正看了也就模糊了。

但在小食摊上看到的那一对，却使我不能忘记。

那天刚下过小雨，地上是些小水洼，摊子上的生意总是忙的，不过偶然也有一两分钟的空闲。那头家穿着双笨笨的雨靴，偷空跑去踩水，不知怎的，他一闪，跌坐在地上。

婚姻书上是怎么说的？好像没看过，要是丈夫在雨地里跌一跤，妻子该怎么办？

那头家自己爬了起来，他的太太站在灶口上事不关己似的说：

"应该！应该！啊哟，给大家笑，应该，那么大的人，还去跃水玩，应该……"她不去拉他，倒对着满座客人说自家人的不是。我小心地望着，不知下一步是什么，却发觉那头家转身回来，若无其事地。

我惊得目瞪口呆。

原来，这样也可以是一种婚姻的。

原来，他们是可以骂完或者打完而不失其为夫妻的，就像手心跟手背，他们根本不知道"分"是什么。

我偷眼看他们，他们不会照那些权威所指导的互赠鲜花吧？他们的世界里也不像有"生日礼物"或"给对方一个惊喜"的事，他们是怎么活下去的？他们怎么也活得好端端的？

他们的婚姻必然有其坚韧不摧的什么，必然有其雷打不散的什么，必然有婚姻专家搞不懂的什么。年轻的情侣和他们相比，是多么容易受伤，对方忘了情人节，对方又穿了你讨厌的颜色，对方说话不得体……而站在蚵仔铁锅后的这一对呢？他们忍受烟熏火燎，他们共度街头的雨露风霜，但他们一起照料小食摊的时候那比肩而立的交叠身影是怎样扎实厚重的画面，夜深后，他们一起收拾锅碗回家的影子又是怎么惊心动魄的美感。

像手心跟手背，可以互骂、可以互打，也可以相与无一言，便硬是不知道什么叫"分"——不是想分或不想分，而是根本弄不清本来一体的东西怎么可能分？

我要好好想想这手册之外的婚姻，这权威和专家们所不知道的中国爱情。

给我一个解释

1

后来，就再也没有见过那么美丽的石榴。石榴装在麻包里，由乡下亲戚扛了来。石榴在桌上滚落出来，浑圆艳红，微微有些霜溜过的老涩，轻轻一碰就要爆裂。爆裂以后则恍如什么大盗的私囊，里面紧紧裹着密密实实的、闪烁生光的珠宝粒子。

那时我五岁，住南京，那石榴对我而言是故乡徐州的颜色，一生一世不能忘记。

和石榴一样难忘的是乡亲讲的一个故事，那人口才似乎不好，但故事却令人难忘：

"从前，有对兄弟，哥哥老是会说大话，说多了，也没人肯信了。但他兄弟人好，老是替哥哥打圆场。有一次，他说：'你们大概从来没有看过刮这么大的风——把我家的井都刮到篱笆外头去啦！'大家不信，弟弟说：'不错，风真的很大，但不是把井刮到篱笆外头去了，是把篱笆刮到井里头来！'"

我偏着小头，听这离奇的兄弟，自己也不知道自己被什么所感动。只觉得心头沉甸甸的，跟装满美丽石榴的麻包似的，竟怎么也忘不了那故事里活灵活现的两兄弟。

四十年来家国，八千里地山河，那故事一直尾随我，连同那美丽如神话如魔术的石榴，全是我童年时代好得介乎虚实之间的东西。

四十年后，我才知道，当年感动我的是什么——是那弟弟娓娓的解释，那言语间有委屈、有温柔、有慈怜和悲悯。或者，照儒者的说法，是有恕道。

长大以后，又听到另一个故事，讲的是几个人在联句（或谓其中主角乃清代画家金冬心），为了凑韵脚，有人居然冒出一句："飞来柳絮片片红"的句子。大家面面相觑，不知此人为何如此没常识，天下柳絮当然都是白的，但"白"不押韵，奈何？解围的才子出面了，他为那人在前面凑加了一句，"夕阳返照桃花渡"，那柳絮便立刻红得有道理了。我每想及这样的诗境，便不觉为其中的美感瞠目结舌。三月天，桃花渡口红霞烈山，一时天地皆朱，不知情的柳絮一头栽进去，当然也活该要跟万物红成一气。这样动人的句子，叫人不禁要俯身自视，怕自己也正站在夹岸桃花的落日夕照之间，怕自己的衣襟也不免沾上一片酒红。《圣经》上说："爱心能遮过错。"在我看来，因爱而生的解释才能把事情美满化解。所谓化解不是没有是非，而是超越是非。就算有过错也因那善意的解释如明矾入井，遂令浊物沉淀，水质复归澄莹。

女儿天性浑厚，有一次，小学的她对我说："你每次说五点回家，就会六点回来，说九点回家，结果就会十点回来——我后来想通了，原来你说的是出发的时间，路上一小时你忘了加进去。"

我听了，不知该说什么。我回家晚，并不是忘了计算路上的时间，而是因为我生性贪溺，贪读一页书、贪写一段文字、贪一段山色……而小女孩说得如此宽厚，简直是鲍叔牙。两千多年前的鲍叔牙似乎早已拿定主意，无论如何总要把管仲说成好人。两人合伙做生意，管仲多取利润，鲍叔牙说："他不是贪心——是因为他家穷。"管仲三次做官都给人辞了。鲍叔牙说："他不是不长进，是他一时运气不好。"管仲打三次仗，每次都败亡逃走，鲍叔牙说："不要骂他胆小鬼，他是因为家有老母。"鲍叔牙赢了，对于一个永远有本事把你解释成圣人的人，你只好自肃自策，把自己真的变成圣人。

物理学家可以说，给我一个支点，给我一根杠杆，我就可以把地球举起来——而我说，给我一个解释，我就可以再相信一次人世，我就可以接纳历史，我就可以义无反顾地拥抱这荒凉的城市。

2

"述而不作"，少年时代不明白孔子何以要做这种没有才气的选择，我却希望作而不述。但岁月流转，我终于明白，述，就是去悲悯、去认同、去解释。有了好的解释，宇宙为之端正，万物由而含情。一部希腊神话用丰富的想象解释了天地四时和风霜雨露。譬如说朝露，是某位希腊女神的清泪。月桂树，则被解释为阿波罗钟情的女子。

农神的女儿成了地府之神的妻子，天神宙斯裁定她每年可以回娘家六个月。女儿归宁，母亲大悦，土地便春回。女儿一回夫家，立刻草木摇落众芳歇，农神的恩宠也翻脸无情——季节就是这样来的。

而莫考来是平原女神和宙斯的儿子，是风神，他出世第一天便跑到阿波罗的牧场去偷了两头牛来吃（我们中国人叫"白云苍狗"，在希腊人却成了"白云肥牛")——风神偷牛其实解释了白云经风一吹，便消失无踪的神秘诡异。

神话至少有一半是拿来解释宇宙大化和草木虫鱼的吧？如果人类不是那么偏爱解释，也许根本就不会产生神话。

而在中国，共工与颛顼争帝，怒而触不周之山，在一番"折天柱、绝地维"之后（是回忆古代的一次大地震吗？），发生了"天倾西北，地陷东南"的局面。天倾西北，所以星星多半滑到那里去了，地陷东南，所以长江、黄河便一路向东入海。

而埃及的沙碛上，至今屹立着人面狮身的巨像，中国早期的西王母则"其状如人，豹尾、虎齿，穴处"，女娲也不免"人面蛇身"。这些传说解释起来都透露出人类小小的悲伤，大约古人对自己的"头部"是满意的，至于这副躯体，他们却多少感到自卑。于是最早的器官移植便完成了，他们在人头下面接了狮子、老虎或蛇、鸟什么的。说这些故事的人恐怕是第一批同时为人类的极限自悼，而又为人类的敏慧自豪的人吧？

而钱塘江的狂涛，据说只由于伍子胥那千年难平的憾恨；雅致的斑竹，全是妻子哭亡夫洒下的泪水……

解释，这件事真令我入迷。

3

有一次，走在大英博物馆里看东西，而这大英博物馆，由于是大英帝国全盛时期搜刮来的，几乎无所不藏。书画古玩固然多，连木乃伊也列成军队一般，供人检阅。木乃伊还好，毕竟是密封的，不料走着走着，居然看到一具枯尸，赫然趴在玻璃橱里。浅色的头发，仍连着头皮，头皮绽处，露出白得无辜的头骨。这人还有个奇异的外号叫"姜"，大概兼指他姜黄的肤色，和干皱如姜块的形貌吧！这人当时是采西亚一带的砂葬，热砂和大漠阳光把他封存了四千年，他便如此简单明了地完成了不朽，不必借助事前的金缕玉衣，也不必事后塑起金身——这具尸体，他只是安静地趴在那里，便已不朽，真不可思议。

但对于这具尸体的"屈身葬"，身为汉人，却不免有几分想不通。对于汉人来说，"两腿一伸"就是死亡的代用语，死了，当然得直挺挺地躺着才对。及至回国，偶然翻阅一篇人类学的文章，内中提到屈身葬。那段解释不知为何令人落泪，文章里说："有些民族所以采用屈身葬，是因为他们认为死亡而埋入土里，恰如婴儿重归母胎，胎儿既然在子宫中是屈身，人死入土亦当屈身。"我于是想起大英博物馆中那不知名的西亚男子，我想起在兰屿雅美人的葬地里一代代的死者，啊——原来他们都在回归母体。我想起我自己，睡觉时也偏爱"睡如弓"的姿势，冬夜里，尤其喜欢蜷曲如一只虾米的安全感。多亏那篇文章的一番解释，这以后我再看到屈身葬的民族，不会觉得他们"死得离奇"，反而觉得无限亲切——只因他们比我们更像大地慈母的孩子。

4

神话退位以后，科学所做的事仍然还是不断地解释。何以有四季？他们说，因为地球的轴心跟太阳成二十三度半的倾斜，原来地球恰似一侧媚的女子，绝不肯直瞪着看太阳，她只用眼角余光斜斜一扫，便享尽太阳的恩宠。何以有天际彩虹，只因为有万千雨珠一一折射了日头的光彩。至于潮汐呢？那是月亮一次次致命的骚扰所引起的亢奋和委顿。还有甜沁的母乳为什么那么准确无误地随着婴儿出世而开始分泌呢（无论孩子多么早产或晚产）？那是落盘以后，自有信号传回，通知乳腺开始泌乳……科学其实只是一个执拗的孩子，对每一件事物好奇，并且不管死活地一路追问下去……每一项科学提出的答案，我都觉得应该洗手焚香，才能翻开阅读，其间吉光片羽，都是天机乍泄。科学提供宇宙间一切天工的高度业务机密，这机密本不该让我们凡夫俗子窥视知晓，所以我每聆听到一则生物的或生理的科学知识，总觉得敬慎凛栗、心悦诚服。

诗人的角色，每每也负责做"歪打正着"式的解释。"何处合成愁？"宋朝的吴文英做了成分分析后，宣称那是来自"离人心上秋"。东坡也提过"春色三分，二分尘土，一分流水"的解释，说得简直跟数学一样精准。那无可奈何的落花，三分之二归回了大地，三分之一逐水而去。元人小令为某个不爱写信的男子的辩解也煞为有趣："不是不相思，不是无才思，绕清江，买不得天样纸。"这寥寥几句，已足令人心醉，试想那人之所以尚未修书，只因觉得必须买到一张跟天一样大的纸才够写他的无限情肠啊！

5

除了神话和诗，红尘素居，诸事碌碌中，更不免需要一番解释了，记得多年前，有次请人到家里屋顶阳台上种一棵树兰，并且事先说好了，不活包退费。我付了钱，小小的树兰便栽在花圃正中间。一个礼拜后，它却死了。我对阳台上一片芬芳的期待算是彻底破灭了。

我去找那花匠，他到现场验了树尸，我向他保证自己浇的水既不多也不少，绝对不敢造次。他对着夭折的树苗偏着头呆看了半天，语调悲伤地说：

"可是，太太，它是一棵树啊！树为什么会死，理由多得很呢——譬如说，它原来是朝这方向种的，你把它拔起来，转了一个方向再种，它可能就要死！这有什么办法呢？"

他的话不知触动了我什么，我竟放弃退费的约定，一言不发地让他走了。

大约，忽然之间，他的解释让我同意，树也是一种自主的生命，它可以同时拥有活下去以及不要活下去的权利，虽然也许只是掉了一个方向，但它就是无法活下去，不是有的人也是如此吗？我们可以到工厂里去订购一定容量的瓶子，一定尺码的衬衫，生命却不容你如此订购的啊！

以后，每次走过别人墙头冒出来的，花香如沸的树兰，微微的失望里我总想起那花匠悲冷的声音。我想我总是肯同意别人的——只要给我一个好解释。

至于孩子小的时候，做母亲的稀里糊涂地便已就任了"解释者"的职位。记得小男孩初入幼稚园，穿着粉红色的小围兜来问我，为什么他的围兜是这种颜色。我说："因为你们正像玫瑰花瓣一样可爱呀！""那中班为什么穿蓝兜？""蓝色是天空的颜色，蓝色又高又亮啊！""白围兜呢？大班穿白围兜。""白，就像天上的白云，是很干净、很纯洁的意思。"他忽然开心地笑了，表情竟是惊喜，似乎没料到小小围兜里居然藏着那么多的神秘。我也吓了一跳，原来孩子要的只是那么少，只要一番小小的道理，就算信口说的，就够他着迷好几个月了。

十几年过去了，午夜灯下，那小男孩用当年玩积木的手在探索分子的结构。黑白小球结成奇异诡秘的勾连，像一扎紧紧的玫瑰花束，又像一篇布局繁复却条理井然、无懈可击的小说。

"这是正十二烷。"他说，我惊讶这模拟的小球竟如此匀称优雅，黑球代表碳、白球代表氢，二者的盈虚消长便也算物华天宝了。

"这是赫素烯。"

"这是……"

我满心感激，上天何其厚我，那个曾要求我把整个世界一一解释给他听的小男孩，现在居然用他化学方面的专业知识向我解释我所不了解的另一个世界。

如果有一天，我因生命衰竭而向上天祈求一两年额外加签的岁月，其目的无非是让我回首再看一看这可惊可叹的山川和人世。能多看它们一眼，便能多用悲壮的、虽注定失败却仍不肯放弃的努力再解释它们一次。并且也欣喜地看到人如何用智慧、用言词、用弦管、用丹青、用静穆、用爱，一一对这世界做其圆融的解释。

是的，物理学家可以说，给我一个支点，给我一根杠杆，我就可以把地球举起来——而我说，给我一个解释，我就可以再相信一次人世，我就可以接纳历史，我就可以义无反顾地拥抱这荒凉的城市。

生活赋

生活是一篇赋，萧索的由绚丽而下跌的令人悯然的长门赋。

巷　底

巷底住着一个还没有上学的小女孩，因为脸特别红，让人还来不及辨识她的五官之前就先喜欢她了——当然，其实她的五官也挺周正美丽，但让人记得住的，却只有那一张红扑扑的小脸。

不知道她有没有父母，只知道她是跟祖母住在一起的，使人吃惊的是那祖母出奇地丑，而且显然可以看出来，并不是由于老才丑的。她几乎没有鼻子，嘴是歪的，两只眼如果只是老眼昏花倒也罢了，她的还偏透着邪气的凶光。

她人矮，显得叉着脚走路的两条腿分外碍眼，我也不知道她怎么忍受的，她已经走了快一辈子的路了，却永远分别是一只脚向东，一只脚朝西。

她当日做些什么，我不知道，印象里好像她总在生火，用一只老式的炉子，摆在门口当风处，噼里啪啦地扇着，嘴里不干不净地咒着。她的一整块皱的脸模糊地隔在烟幕之后，一双火眼金睛却暴露得可以直破烟雾的迷阵，在冷湿的落雨的黄昏，行人会在猛然间以为自己已走入邪恶的黄雾——在某个毒瘴四腾的沼泽旁。

她们就那样日复一日地住在巷底的违章建筑里，小女孩的红颊日复一日地盛开，老太婆的脸像经冬的风鸡日复一日地干缩，炉子日复一日地像口魔缸似的冒着张牙舞爪的浓烟。

——这不就是生活吗？一些稚拙的美，一些惊人的丑，以一种牢不可分的、天长地久的姿态栖居的某个深深的巷底。

糯糯车

不知在什么时候，由什么人，补造了"糯""糯"两个字。（武则天也不过造了十九个字啊！）

曾有一个古代的诗人，吃了重阳节登高必吃的"糕"，却不敢把"糕"字放进诗篇。"《诗经》里没有用过'糕'字啊，"他分辩道，"我怎么能贸然把'糕'字放在诗里去呢？"

正统的文人有一种可笑而又可敬的执着。

但老百姓全然不管这一回事，他们高兴的时候就造字，而且显然也很懂得"形声"跟"会意"的造字原则。

我喜欢"糯糯"这两个字，看来有一种原始的毛氄氄的感觉。我喜欢"糯糯"，虽然它的可口是一种没有性格的可口。

我喜欢糯糯车，我形容不来那种载满了柔软、甜蜜、香腻的小车怎样在孩子群中贩卖欢乐。糯糯似乎只卖给孩子，当然有时也卖给老人——只是最后不免仍然到了孩子手上。

我真正最喜欢的还是糯糯车的节奏，不知为什么，所有的糯糯车都用这一行自己的音乐，正像修伞的敲铁片，卖馄饨的敲碗，卖番薯的摇竹筒，都备有一种单高而粗糙的美感。

糯糯车用的"乐器"是一个转轮，轮子转动处带起一上一下的两根铁杆，碰得此起彼落的"空空"地响，不知是不是用来象征一种古老的春米的音乐。讲究的小贩在两根铁杆上顶着布袋娃娃，故事中的英雄和美人，便一起一落地随着转轮而轮回起来了。

铁杆轮流下撞的速度不太相同，但大致是一秒钟响二次，或者四次。这根起来那根就下去；那根起来，这根就下去。并且也说不上大起大落，永远在巴掌大的天地里沉浮。沉下去的不过沉一个巴掌，升上去的亦然。

跟着糯糯车走，最后会感到自己走入一种寒栗的悸怖。陈旧的生锈的铁杆上悬着某些知名的和不知名的帝王将相，某些存在的或不存在的后妃美女，以一种绝情的速度彼此消长。

在广漠的人海中重复着一代与一代之间毫无分别的乍起乍落的命运，难道这不就是生活？以最简单的节奏叠映着占卜者口中的"凶"、"吉"、"悔"、"咎"。滴答之间，跃起落下，许多生死祸福便已告完成。

无论什么时候，看到糯糯车，我总忍不住地尾随而怅望。

食橘者

冬天的下午，太阳以漠然的神气遥遥地笼罩着大地，像某些曾经蔓烧过一夏的眼睛，现在却混然遗忘了。

有一个老人背着人行道而坐，仿佛已跳出了杂沓的脚步的轮回，他淡淡地坐在一片淡淡的阳光里。

那老人低着头，很专心地用一只小刀在割橘子皮。那是"椪柑"种的橘子，皮很松，可以轻易地用手剥开，他却不知为什么拿着一把刀工工整整地划着，像个石匠。

每个橘子他照例要划四刀，然后依着刀痕撕开，橘子皮在他手上盛美如一朵十字科的花。他把橘肉一瓣瓣取下，仔细地摘掉筋络，慢慢地一瓣瓣地吃，吃完了，便不疾不徐地拿出另一个来，耐心地把所有的手续再重复一遍。

那天下午，他就那样认真地吃着一瓣一瓣的橘子，参禅似的凝止在一种不可思议的安静里。

难道这不就是生活吗？太阳割切着四季，四季割切着老人，老人无言地割切着一只只浑圆柔润的橘子。想象中那老人的冬天似乎永远过不完，似乎他一直还坐在那灰扑扑的街角，一丝不苟地，以一种玄学家执迷的格物精神，细味那些神秘的金汁溢涨的橘子。

巷子里的老妈妈

巷子里有个妇人，一手提着一篮菜，一手提着个大袋子，正在东张西望。看到我，她讷讷地开了口："请问，你，是住在这条巷子里的人吗？"

"是的。"

"我是刚搬来的，我听人说这巷子里有个箱子可以丢旧衣服，你知道在哪里吗？"

"哦，本来是有一个，但最近不知什么时候给拆走了，听说是违章……"

"哎呀，"她叹了口长气，"真是糟糕，我的小孙子长得快，这一大包都是他穿不下的衣服，儿子让我把它们当垃圾丢，我是丢不下手的呀！我们这种年纪的人是丢不来衣服的，都还是新新的嘛！可是要搬回去，我家又住四楼，我又买了一篮子菜……"

"这样吧，你把衣服放在我车上，我这两天要去内湖，内湖有个收衣站。我来替你丢。"

"啊！这就好了，"她的表情如获大赦，"太好了，没想到遇见贵人了。我的问题可以解决了。"

在她口中我变成了"贵人",不过顺便帮她丢丢旧衣服,居然也可以做人家的"贵人"。但是转而一想,她说的也许很对,世上高官厚禄的显贵之人虽然很多,但刚好肯替她去丢衣服的人也许真的只有我一个。

那妇人是六十出头的年纪,穿件朴素的灰色衣裳,面容白皙洁净,语音柔和迟缓。看得出来家道不错,平生也不像吃过大苦,但她显然属于深懂"惜物"之情的一代。

女儿每次和同学郊游回来,总带着烤肉用剩的酱油、色拉油、面包……一大堆。

我问她为什么要拿这些东西,她嗔道:"都是你害的啦!从小叫我们不要丢东西,而我们同学都说'丢掉丢掉'。我如果不拿,他们就真的去丢掉。我不得已,只好拿回来。不然,难道眼睁睁看他们丢?"

我想,我实在是害她活得比别人辛苦些,但我们反正已属于"不丢族",就认命吧!偶然碰到其他的"不丢族",我总尽力表达敬意。像今天能碰到这位老妇人,或者说今天能被这老妇人碰到,真是很幸运的事,值得好好为她提供额外服务。

我甚至想,台湾之所以还没有坏到极致,全是像老妇人这种人物在撑着。她们不开车,不喝可乐或铝箔包装的果汁,她们绝不会把衣服只穿一季就丢掉,搞不好她们身上的那一件已经穿了十年,而她却从来不觉得有汰旧的必要。

是她,坚持不倒剩菜。是她,把旧汗衫改成抹布。是她,把茶叶渣变成肥料。是她,把长孙的衣服改一改又给了次孙。

这些老妈妈真的是社会之宝,虽然从来没有人给她们颁过一个奖。但我们真的不能少掉她们，她们是我们福泽的种子。我们大部分的官员如果撤换也不算什么，但这批老妈妈是不能撤换的，她们是乱象中的安定，是浮华中的朴实，是飞驰中的回顾，是夸饰中的真诚。我向老妈妈致敬。

遇 见

一个久晦后的五月清晨，四岁的小女儿忽然尖叫起来。

"妈妈！妈妈！快点儿来呀！"

我从床上跳起，直奔她的卧室，她已坐起身来，一语不发地望着我，脸上浮起一层神秘诡异的笑容。

"什么事？"

她不说话。

"到底是什么事？"

她用一只肥匀的有着小肉窝的小手，指着窗外，而窗外什么也没有，除了另一座公寓的灰壁。

"到底什么事？"

她仍然秘而不宣地微笑，然后悄悄地透露一个字。

"天！"

我顺着她的手望过去，果真看到那片蓝过千古而仍然年轻的蓝天，一尘不染令人惊呼的蓝天，一个小女孩在生字本上早已认识却在此刻仍然不觉吓了一跳的蓝天，我也一时愣住了。

于是，我安静地坐在她的旁边，两个人一起看那神迹似的晴空，平常是一个聒噪的小女孩，那天竟也像被震慑住了似的，流露出虔诚的沉默。透过惊讶和几乎不能置信的喜悦，她遇见了天空。她的眸光自小窗口出发，明亮的天蓝从那一端出发，在那个美丽的五月清晨，它们彼此相遇了。那一刻真是神圣，我握着她的小手，感觉到她不再只是从笔画结构上认识"天"，她正在惊讶赞叹中体认了那份宽阔、那份坦荡、那份深邃——她面对面地遇见了蓝天，她长大了。

"浮生若梦啊！"他说

那一年，他是文学院院长，我是中文系里的小助教。

但校车上会相逢，有时候也同座。他总是妙语如珠。他瘦小清癯，表情不多，讲起笑话来，冷冷一张脸，却引得全车笑翻：

"从前，在英国有一个人，患了失眠，就去看医生，"他的措辞简单、老实，我以为是真人真事，"医生就给了他药，他回去一吃，病就好了，睡得很沉，睡着了，还梦见自己到了太平洋上的一个小岛，美女如云，列队欢迎他。他的朋友刚好也患失眠，听到有这种好事，赶快也去看医生，也拿了药，回家也照样吃了。于是呢，果真也睡着了。而且，说巧不巧的，也梦到太平洋上一个小岛，但不幸的是，他一靠岸，就有土人来追杀他，害得他跑得气都透不过来……他很生气，跑去质问医生，医生说：'哎呀，当然不同喽，你的朋友是私人付费，你呢？是公保支付。'"

讲完笑话，云淡风轻，他又去捣弄他的烟斗，也不管一车人笑得前仰后合，他已完全地事不干己了。

他其实是政治系的教授，也不知为什么，做了文学院院长，有一天，又闲聊，他忽然说：

"你觉得文学有用吗？"

这话对大学中文系刚毕业的我而言，简直是亵渎。文学，是不容怀疑的！

"譬如，举个例子，"他慢条斯理地说起来，"我从前小时候听人说'浮生若梦'，怎么说，我都不懂，人生怎么会像梦呢？现在，到了我这个年岁，懂了。懂了的时候，又觉得不用你来说。所以说，既然不懂的时候，说了也不懂，懂的时候，完全不用你来说——那么，文学又有什么用呢？"

本来准备要辩论的话说不出来了，反而牢牢地记下他举的例子。我自己仍然信仰文学，但他的话陷我于反复思索，至今仍不时困扰我。我也记得他的脸，像春天早晨烟岚散去后的晴山，淡淡的，仿佛什么事都没有发生过，可是，分明那话里有多少惊动生命之痛的大悲情在搅和啊！

最后一次去看他是探病，他已中风，坐在一张大椅子上，不能说话。冬天的暖阳穿窗而入，照在他浅灰色的长袍上，他嘴角的口水沿着前襟流下（当年出产幽默风趣的嘴角啊！）一直流、一直流，一只猫在他身上跳来跳去，他的目光呆滞，凝望着不知什么地方的地方。

"浮生如梦？"文学究竟能做些什么？我想再跟他讨论，但他已仿佛是被另一个主人买去的家奴。他曾经属于学术，学术是一个宽厚博大的主人，容得你古今上下去自纵自如。但他的新主人极其残酷，鞭笞他如鞭白痴，不久，他谢世。

他的脸，淡淡的，似喜非喜，似悲无悲。生平总是，丢下一句笑话，自己不笑，就游离开了。或者，丢下一句悲伤的话做开头，自己也不续下去，竟躲起来了。

　　"浮生如梦"啊！浮生是什么？梦是什么？我不知道，我只记得他的脸，淡然无事的脸。

　　　　．

我交给你们一个孩子

小男孩走出大门，返身向四楼阳台上的我招手，说："再见！"那是好多年前的事了，那个早晨是他开始上小学的第二天。

我其实仍然可以像昨天一样，再陪他一次，但我却狠下心来，看他自己单独去了。他有属于他的一生，是我不能相陪的，母子一场，只能看作一把借来的琴弦，能弹多久，便弹多久，但借来的岁月毕竟是有其归还期限的。

他欢然地走出长巷，很听话地既不跑也不跳，一副循规蹈矩的模样。我一个人怔怔地望着巷子下细细的朝阳而落泪。

想大声地告诉全城市，今天早晨，我交给你们一个小男孩，他还不知恐惧为何物，我却是知道的，我开始恐惧自己有没有交错。

我把他交给马路，我要他遵守规矩沿着人行道而行，但是，匆匆的路人啊，你们能够小心一点儿吗？不要撞倒我的孩子，我把我的至爱交给了纵横的道路，容许我看见他平平安安地回来。

我不曾搬迁户口，我们不要越区就读，我们让孩子读本区内的国民小学而不是某些私立明星小学，我努力去信任自己的教育当局，而且，是以自己的儿女为赌注来信任——但是，学校啊，当我把我的孩子交给你，你保证给他怎样的教育？今天清晨，我交给你一个欢欣诚实又颖悟的小男孩，多年以后，你将还我一个怎样的青年？

他开始识字，开始读书，当然，他也要读报纸、听音乐或看电视、电影，古往今来的撰述者啊，各种方式的知识传递者啊，我的孩子会因你们得到什么呢？你们将饮之以琼浆，灌之以醍醐，还是哺之以糟粕？他会因而变得正直、忠信，还是学会奸猾、诡诈？当我把我的孩子交出来，当他向这世界求知若渴，世界啊，你给他的会是什么呢？

世界啊，今天早晨，我，一个母亲，向你交出她可爱的小男孩，而你们将还我一个怎样的呢？！

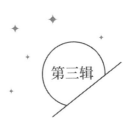

第三辑

你 还 要

怎 样

更 好 的 世 界

一个女人的爱情观

忽然发现自己的爱情观很土气，忍不住笑了起来。

对我而言，爱一个人就是满心满意要跟他一起"过日子"，天地鸿蒙荒凉，我们不能妄想把自己扩充为六合八方的空间，只希望彼此的火烬把属于两人的一世时间填满。

客居岁月，暮色里归来，看见有人当街亲热，竟也视若无睹，但每看到一对人手牵手提着一把青菜、一条鱼从菜场走出来，一颗心就忍不住恻恻地痛了起来，一蔬一饭里的天长地久原是如此味永难言啊！相拥的那一对也许今晚就分手，但一鼎一镬里却有其朝朝暮暮的恩情啊！

爱一个人原来就只是在冰箱里为他留一只苹果，并且等他归来。

爱一个人就是在寒冷的夜里不断在他杯子里斟上刚沸的热水。

爱一个人就是喜欢两人一起收尽桌上的残肴，并且听他在水槽里刷碗的音乐——事后再偷偷地把他不曾洗干净的地方重洗一遍。

爱一个人就有权利霸道地说："不要穿那件衣服，难看死了。穿这件，这是我新给你买的。"

爱一个人就是一本正经地催他去工作，却又忍不住躲在他身后想捣几次小小的蛋。

爱一个人就是在拨通电话时忽然不知道要说什么，才知道原来只是想听听那熟悉的声音，原来真正想拨通的，只是自己心底的一根弦。

爱一个人就是把他的信藏在皮包里，一日拿出来看几回、哭几回、痴想几回。

爱一个人就是在他迟归时想上一千种坏可能，在想象中经历万般劫难，发誓等他回来要好好罚他，一旦见面却又什么都忘了。

爱一个人就是在众人暗骂："讨厌！谁在咳嗽！"你却急道："唉，唉，他这人就是记性坏啊，我该买一瓶川贝枇杷膏放在他的背包里的！"

爱一个人就是上一刻钟想把美丽的恋情像冬季的松鼠秘藏坚果一般，将之一一放在最隐秘、最安妥的树洞里，下一刻钟却又想告诉全世界这骄傲自豪的消息。

爱一个人就是在他的头衔、地位、学历、经历、善行、劣迹之外，看出真正的他不过是个孩子——好孩子或坏孩子——所以疼了他。

也因，爱一个人就是喜欢听他儿时的故事，喜欢听他有几次大难不死，听他如何淘气惹厌，怎样善于玩弹珠或打"水漂漂"，爱一个人就是忍不住替他记住了许多往事。

爱一个人就不免希望自己更美丽，希望自己被记得，希望自己的容颜体貌在极盛时于对方如霞光过目，永不相忘，即使在繁花谢树的冬残，也有一个人沉如历史典册的瞳仁可以见证你的华彩。

爱一个人总会不厌其烦地问些或回答些傻问题，例如："如果我老了，你还爱我吗？""爱。""我的牙都掉光了呢？""我吻你的牙床！"

爱一个人便忍不住迷上那首白发吟：

亲爱，我年已渐老
白发如霜银光耀
唯你永是我爱人
永远美丽又温柔……

爱一个人常是一串奇怪的矛盾，你会依他如父，却又怜他如子；尊他如兄，又复宠他如弟；想师事他，跟他学，却又想教导他把他俘虏成自己的徒弟；亲他如友，又复气他如仇；希望成为他的女皇，他唯一的女主人，却又甘心做他的小丫鬟、小女奴。

爱一个人会使人变得俗气，你不断地想：晚餐该吃牛舌好呢，还是猪舌？蔬菜该买大白菜，还是小白菜？房子该买在三张犁呢，还是六张犁？而终于在这份世俗里，你了解了众生，你参与了自古以来匹夫匹妇的微不足道的喜悦与悲辛，然后你发觉这世上有超乎雅俗之上的情境，正如日光超越调色盘上的一样。

爱一个人就是喜欢和他拥有现在，却又追忆着和他在一起的过去。喜欢听他说，那一年他怎样偷偷喜欢你，远远地凝望着你。爱一个人便是小别时带走他的吻痕，如同一幅画，带着鉴赏者的朱印。

爱一个人就是横下心来，把自己小小的赌本跟他合起来，向生命的大轮盘去下一番赌注。

爱一个人就是让那人的名字在临终之际成为你双唇间最后的音乐。

爱一个人，就不免生出共同的、霸占的欲望。想认识他的朋友，想了解他的事业，想知道他的梦。希望共有一张餐桌，愿意同用一双筷子，喜欢轮饮一杯茶，合穿一件衣，并且同衾共枕，奔赴一个命运，共寝一个墓穴。

前两天，整理房间时，理出一只提袋，上面赫然写着"孕妇服装中心"，我愕然许久，既然这房子只我一人住，这只手提袋当然是我的了，可是，我何曾跑到孕妇店去买衣服？于是不甘心地坐下来想，想了许久，终于想出来了。我那天曾去买一件斗篷式的土褐色短襦，便是用这只绿袋子提回来的，我是的确闯到孕妇店去买衣服了。细想起来那家店的模样儿似乎都穿着孕妇装，我好像正是被那种美丽沉甸的繁殖喜悦所吸引而走进去的。这样说来，原来我买的那件宽松适意的斗篷式短襦竟真是给孕妇设计的。

这里面有什么心理分析吗？是不是我一直追忆着怀孕时强烈的酸苦和欣喜而情不自禁地又去买了一件那样的衣服呢？想多年前冬夜独起，灯下乳儿的寒冷和温暖便一下涌回心头，小儿吮乳的时候，你多么希望自己的生命就此为他竭泽啊！

对我而言，爱一个人，就不免想跟他生一窝孩子。

当然，这世上也有人无法生育，那么，就让共同作育的学生，共同经营的事业，共同爱过的子侄晚辈，共同谱成的生活之歌，共同写完的生命之书来做他们的孩子。

也许还有更多更多可以说的，正如此刻，爱情对我的意义是终夜守在一盏灯旁，听轰声退潮再复涨潮，看淡紫的天光愈来愈明亮，凝视两人共同凝视过的长窗外的水波，在矛盾的凄凉和欢喜里，在知足感恩和渴切不足里细细体会一条河的韵律，并且写一篇叫"爱情观"的文章。

只因为年轻啊

爱——恨

小说课上，正讲着小说，我停下来发问："爱的反面是什么？"

"恨！"

大约因为对答案很有把握，他们回答得很快而且大声，神情明亮愉悦，此刻如果教室外面走过一个不懂中国话的老外，随他猜一百次也猜不出他们唱歌般快乐的声音竟在说一个"恨"字。

我环顾教室，心里浩叹，只因为年轻啊，只因为太年轻啊，我放下书，说：

"这样说吧，譬如说你现在正谈恋爱，然后呢？就分手了，过了五十年，你七十岁了，有一天，黄昏散步，冤家路窄，你们又碰到一起了，这时候，对方定定地看着你，说：

"'×××，我恨你！'

"如果情节是这样的，那么，你应该庆幸，居然被别人痛恨了半个世纪，恨也是一种很容易疲倦的情感，要有人恨你五十年也不简单，怕就怕在当时你走过去说：

"'×××，还认得我吗？'

"对方愣愣地呆望着你说：

"'啊，有点面熟，你贵姓？'"

全班学生都笑起来，大概想象中那场面太滑稽、太尴尬吧？

"所以说，爱的反面不是恨，是漠然。"

笑罢的学生能听得进结论吗？——只因为太年轻啊，爱和恨是那么容易说得清楚的一个字吗？

受　创

来采访的学生在客厅沙发上坐成一排，其中一个发问道："读你的作品，发现你的情感很细致，并且说是在关怀，但是关怀就容易受伤，对不对？那怎么办呢？"

我看了她一眼，多年轻的额，多年轻的颊啊，有些问题，如果要问，就该去问岁月，问我，我能回答什么呢？但她的明眸定定地望着我，我忽然笑起来，几乎有点儿促狭的口气：

"受伤，这种事是有的——但是你要保持一个完完整整不受伤的自己做什么用呢？你非要把你自己保卫得好好的不可吗？"

她惊讶地望着我，一时也答不上话。

人生世上，一颗心从擦伤、灼伤、冻伤、撞伤、压伤、扭伤，乃至到内伤，哪能一点儿伤害都不受呢？如果关怀和爱就必须包括受伤，那么就不要完整，只要撕裂，基督不同于世人的，岂不正在那双钉痕宛在的受伤手掌吗？

小女孩啊，只因年轻，只因一身光灿晶润的肌肤太完整，你就舍不得碰碰撞撞，就害怕受创吗？

经济学的旁听生

"什么是经济学呢？"他站在讲台上，戴眼镜，灰西装，声音平静，典型的中年学者。台下坐的是大学一年级的学生，而我，是置身在这二百人大教室里偷偷旁听的一个。

从一开学我就昂奋起来，因为在课表上看见要开一门《社会科学概论》的课程，包括四位教授来设"政治""法律""经济""人类学"四个讲座。想起可以重新做学生，去听一门门对我而言崭新的知识，那份喜悦真是掩不住藏不严，一个人坐在研究室里都忍不住要轻轻地笑起来。

"经济学就是把'有限资源'做'最适当的安排'，以得到'最好的效果'。"

台下的学生沙沙地抄着笔记。

"经济学为什么发生呢？因为资源'稀少'，不单物质'稀少'，时间也'稀少'——而'稀少'又是为什么？因为，相对于'欲望'，一切就显得'稀少'了……"

原来是想在四门课里跳过经济学不听的，因为觉得讨论物质的东西大概无甚可观，没想到一走进教室来竟听到这一番解释。"你以为什么是经济学呢？一个学生要考试，时间不够了，书该怎么念，这就叫经济学啊！"

我愣在那里反复想着他那句"为什么有经济学——因为稀少——为什么稀少，因为欲望"而麻颤惊动，如同山间顽崖愚壁偶闻大师说法，不免震动到石骨土髓咯咯作响的程度。原来整场生命也可做经济学来看，生命也是如此短小稀少啊！而人的不幸却在于那颗永远渴切不止的有所索求，有所跃动，有所未足的心，为什么是这样的呢？为什么竟是这样的呢？我痴坐着，任泪下如麻不敢去动它，不敢让身旁年轻的助教看到，不敢让大一年轻的孩子看到。

奇怪，为什么他们都不流泪呢？只因为年轻吗？因年轻就看不出生命如果像戏，也只能像一场短短的独幕剧吗？"朝如青丝暮成雪"，乍起乍落的一朝一暮间又何尝真有少年与壮年之分？"急把盏，夜阑灯灭"，匆匆如赴一场喧哗夜宴的人生，又岂有早到晚到早走晚走的分别？然而他们不悲伤，他们在低头记笔记。听经济学听到哭起来，这话如果是别人讲给我听，我大概会大笑，笑人家的滥情，可是……

"所以，"经济学教授又说话了，"有位文学家卡莱亚这样形容：经济学是门'忧郁的科学'……"

我疑惑起来，这教授到底是因有心而前来说法的长者，还是以无心来渡脱的异人？至于满堂的学生正襟危坐是因岁月尚早，早如揭衣初涉水的浅溪，所以才凝然无动吗？为什么五月山桅子的香馥里，独独旁听经济学的我为这被一语道破的短促而多欲的一生而又惊又痛泪如雨下呢？

如果作者是花

"年年岁岁花相似，岁岁年年人不同。"

诗选的课上，我把句子写在黑板上，问学生："这句子写得好不好？"

"好！"

他们的声音听起来像真心的，大概在强说愁的年龄，很容易被这样工整、俏皮而又怅惘的句子所感动吧！

"这是诗句，写得比较文雅，其实有一首新疆民谣，意思也跟它差不多，却比较通俗，你们知道那歌词是怎么说的？"

他们反应灵敏，立刻争先恐后地叫出来：

太阳下山明早依旧爬上来，
花儿谢了明年还是一样地开。
美丽小鸟飞去不回头，
我的青春小鸟一样不回来，
我的青春小鸟一样不回来……

那性格活泼的干脆就唱起来了。

"这两种句子从感性上来说，都是好句子，但从逻辑上来看，却有不合理的地方——当然，文学表现不一定要合逻辑，但是我还是希望你们看得出来问题在哪里。"

他们面面相觑，又认真地反复念诵句子，却没有一个人答得上来。我等着他们，等满堂红润而聪明的脸，却终于放弃了，只因太年轻啊，有些悲凉是不容易觉察的。

"你知道为什么说'花相似'吗？是因为陌生，因为我们不懂花，正好像一百年前，我们中国是很少看到外国人，所以在我们看起来，他们全是一个样子，而现在呢，我们看多了，才知道洋人和洋人大有差别，就算都是美国人，有的人也有本领一眼看出住纽约、旧金山和南方小城的不同。我们看去年的花和今年的花一样，是因为我们不是花，不曾去认识花、体察花，如果我们不是人，是花，我们会说：

"'看啊，校园里每一年都有全新的面孔，可是我们花却一年老似一年了。'

"同样的，新疆歌谣里的小鸟虽一去不回，太阳和花其实也是一去不回的，太阳有知，太阳也要说：

"'我们今天早晨升起来的时候，已经比昨天疲软苍老了，奇怪，人类却一代一代永远有年轻的面孔……'

"我们是人，所以感觉到人事的沧桑变化，其实，人世间何物没有生老病死，只因我们是人，说起话来就只能看到人的痛，你们猜，那句诗的作者如果是花，花会怎么写呢？"

"年年岁岁人相似，岁岁年年花不同。"他们齐声回答。

他们其实并不笨，不，他们甚至可以说是聪明，可是，刚才他们为什么全不懂呢？只因为年轻，只因为对宇宙间生命共有的枯荣代谢的悲伤有所不知啊！

高倍数显微镜

他是一个生物系的老教授，外国人，我认识他的时候他已经退休了。

"小时候，父亲是医生，他看病，我就站在他旁边，他说：'孩子，你过来，这是哪一块骨头？'我就立刻说出名字来……"

我喜欢听老年人说自己幼小时候的事，人到老年还不能忘的记忆，大约有点儿像太湖底下捞起的石头，是洗净尘泥后的硬瘦剔透，上面附着一生岁月所冲积洗刷出的浪痕。

这人大概注定要当生物学家的。

"少年时候，喜欢看显微镜，因为那里面有一片神奇隐秘的世界，但是看到最细微的地方就看不清楚了，心里不免想，赶快做出高倍数的新式显微镜吧，让我看得更清楚，让我对细枝末节了解得更透彻，这样，我就会对生命的原质明白得更多，我的疑难就会消失……"

"后来呢？"

"后来，果然显微镜愈做愈好，我们能看清楚的东西，愈来愈多，可是……"

"可是什么？"

"可是我并没有成为我自己所预期的'更明白生命真相的人'，糟糕的是比以前更不明白了，以前的显微倍数不够，有些东西根本没发现，所以不知道那里隐藏了另一段秘密，但现在，我看得愈细，知道得愈多，愈不明白了，原来在奥秘的后面还连着另一串奥秘……"

我看着他清癯渐消的颊和清灼明亮的眼睛，知道他是终于"认了"，半世纪以前，那意气风发的少年以为只要一架高倍数的显微镜，生命的秘密便迎刃可解，什么使他敢生出那番狂想呢？只因为年轻吧？只因为年轻？而退休后，在校园的行道树下看花开花谢的他终于低眉而笑，以近乎撒赖的口气说：

"没有办法啊，高倍数的显微镜也没有办法啊，在你想尽办法以为可以看到更多东西的时候，生命总还留下一段奥秘，是你想不通猜不透的……"

注：此教授名为棣慕华（1903～1989年），原籍美国，成长于江苏六合。后半生住台湾，是一位贵格会的牧师，也身兼台大教授。对台湾高山蕨类颇有研究，有些台湾高山植物以他的名字命名。

浪掷

开学的时候，我要他们把自己形容一下，因为我是他们的导师，想多知道他们一点儿。

大一的孩子，新从成功岭下来，从某一点上看来，也只像高四罢了，他们倒是很合作，一个一个把自己尽其所能地描述了一番。

等他们说完了，我忽然觉得惊讶不可置信，他们中间照我来看分成两类，有一类说"我从前爱玩，不太用功，从现在起，我想要好好读点儿书"；另一类说："我从前就只知道读书，从现在起我要好好参加些社团，或者去郊游。"

奇怪的是，两者都有轻微的追悔和遗憾。

我于是想起一段三十多年前的旧事，那时流行一首电影插曲（大约是叫《渔光曲》吧），阿姨、舅舅都热心播唱，我虽小，听到"月儿弯弯照九州"觉得是可以同意的，却对其中另一句大为疑惑。

"舅舅，为什么要唱'小妹妹青春水里流（或"丢"？不记得了）'呢？"

"因为她是渔家女嘛，渔家女打鱼不能上学，当然就浪费青春啦！"

我当时只知道自己心里立刻不服气起来，但因年纪太小，不会说理由，不知怎么吵，只好不说话，但心中那股不服倒也可怕，可以埋藏三十多年。

等读中学听到"春色恼人"，又不死心地去问，春天这么好，为什么反而好到令人生恼，别人也答不上来，那讨厌的甚至眨眨狎邪的眼光，暗示春天给人的恼和"性"有关。但事情一定不是这样的，一定另有一个道理，那道理我隐约知道，却说不出来。

更大以后，读《浮士德》，那些埋藏许久的问句都汇拢过来，我隐隐知道那里有番解释了。

年老的浮士德，坐对满屋子自己做了一生的学问，在典籍册页的阴影中他乍乍瞥见窗外的四月，歌声传来，是庆祝复活节的喧哗队伍。那一霎间，他懊悔了，他觉得自己的一生都抛掷了，他以为只要再让他年轻一次，一切都会改观。中国元杂剧里老旦上场照例都要说一句"花有重开日，人无再少年"（说得淡然而确定，也不知看戏的人惊不惊动），而浮士德却以灵魂押注，换来第二度的少年以及因少年才"可能拥有的种种可能"。可怜的浮士德，学究天人，却不知道生命是一桩太好的东西，好到你无论选择什么方式度过，都像是一种浪费。

生命有如一枚神话世界里的珍珠，出于沙砾，归于沙砾，晶光莹润的只是中间这一段短短的幻象啊！然而，使我们颠之、倒之、甘之、苦之的不正是这短短的一段吗？珍珠和生命还有另一个类同之处，那就是你倾家荡产去买一粒珍珠是可以的，但反过来你要拿珍珠换衣换食却是荒谬的，就连镶成珠坠挂在美人胸前也是无奈的，无非使两者合作一场"慢动作的人老珠黄"罢了。珍珠只是它圆灿含彩的自己，你只能束手无策地看着它，你只能欢喜或喟然——因为你及时赶上了它出于沙砾且必然还原为沙砾之间的这一段灿然。

而浮士德不知道——或者执意不知道，他要的是另一次"可能"，像一个不知是由于技术不好或是运气不好的赌徒，总以为只要再让他玩一盘，他准能翻本。三十多年前想跟舅舅辩的一句话我现在终于懂得该怎么说了，打鱼的女子如果算是浪掷青春的话，挑柴的女子岂不也是吗？读书的名义虽好听，而令人眼目为之昏耗，脊骨为之佝偻，还不该算是青春的虚掷吗？此外，一场刻骨的爱情就不算烟云过眼吗？一番功名利禄就不算滚滚尘埃吗？不是啊，青春太好，好到你无论怎么过都觉浪掷，回头一看，都要生悔。

"春色恼人"那句话现在也懂了，世上的事最不怕的应该就是"兵来有将可挡，水来以土能掩"，只要有对策就不怕对方出招。怕就怕在一个人正小小心心地和现实生活斗阵，打成平手之际，忽然阵外冒出一个叫宇宙大化的对手，它斜里杀出一记叫"春天"的绝招，身为人类的我们真是措手不及。对着排天倒海而来的桃红柳绿，对着蚀骨的花香、夺魂的阳光，生命的豪奢绝艳怎能不令我们张皇无措，当此之际，真是不做什么既要懊悔——做了什么也要懊悔。春色之叫人气恼跺脚，就是气在我们无招以对啊！

回头来想我导师班上的学生，聪明颖悟，却不免一半为自己的用功后悔，一半为自己的爱玩后悔——只因太年轻啊，只因年轻啊，以为只要换一个方式，一切就扭转过来而无憾了。孩子们，不是啊，真的不是这样的！生命太完美，青春太完美，甚至连一场匆匆的春天都太完美，完美到像喜庆节日里一个孩子手上的气球，飞了会哭，破了会哭，就连一日日空瘪下去也是要令人哀哭的啊！

所以，年轻的孩子，连这个简单的道理你难道也看不出来吗？生命是一个大债主，我们怎么混都是它的积欠户，既然如此，干脆宽下心来，来个"债多不愁"吧！既然青春是一场"无论做什么都觉是浪掷"的憾意，何不反过来想想，那么，也几乎等于"无论诚恳地做了什么都不必言悔"，因为你或读书或玩，或作战，或打鱼，恰恰好就是另一个人叹气说他遗憾没做成的。

——然而，是这样的吗？不是这样的吗？在生命的面前我可以大发职业病做一个把别人都看作孩子的教师吗？抑或我仍然只是一个大年轻的蒙童，一个不信不服欲有辩而又语焉不详的蒙童呢？

人生的什么和什么

　　她的手轻轻搭在方向盘上，外面下着小雨。收音机正转到一个不知什么台的台上，溢漫出来的是安静讨好的古典小提琴。

　　前面是隧道，车流如水，汇集入洞。

　　"各位亲爱的听众，人生最重要的事其实只有两件，那就是……"

　　主持人的声音向例都是华丽明亮得多，何况她正在义无反顾地宣称这项真理。

　　她其实也愿意听听这项真理，可是，这里全是隧道，全长五百米，要四十秒钟才走得出来，隧道里面声音断了，收音机只会嘟嘟地响。她忽然烦起来，到底是哪两项呢？要猜，也真累人，是"物质与精神"吗？是"身与心"吗？是"爱情与面包"吗？是"生与死"吗？或"爱与被爱"？隧道不能倒车，否则她真想倒车出去听完那段话再进来。

　　隧道走完了，声音重新出现，是音乐，她早料到了四十秒钟太久，按一分钟二百字的广播速度来说，播音员已经说了一百五十个字了，一百五十个字，什么人生道理不都给她说完了吗？

　　她努力去听音乐，心里想：也许刚才那段话是这段音乐的引言，如果知道这段音乐，说不定也可以又猜出前面那段话。

音乐居然是《彼得与狼》——这当然不会是答案。

依她的个性，她知道自己会怎么做，她会再听下去，一直听到主持人播报他们电台和节目的名字，然后，打电话去追问漏听的那一段来，主持人想必也很乐意回答。

可是，有必要吗？四十岁的人了，还要知道人生最重要的事是"什么和什么"吗？她伸手关上了收音机，雨大了，她按下雨刷。

生命，以什么单位计量

这是一家小店铺，前面做门市，后面住家。

星期天早晨，老板娘的儿子从后面冲出来，对我大叫一句："我告诉你，我的电动玩具比你多！"

我不知道他在跟谁说话，四面一看，店里只我一人，我才发现，这孩子在跟我做现代版的"石崇斗富"。

"你的电动玩具都是小的，我的，是大的！"小孩继续叫阵。

老天爷，这小孩大概太急于压垮人，于是饥不择食，居然来单挑我，要跟我比电动玩具的质跟量。我难道看起来会像一个玩电动玩具的小孩吗？我只得苦笑了。

他其实是个蛮清秀的小孩，看起来也聪明机灵，但他为什么偏偏要找人比电动玩具呢？

"我告诉你，我根本没有电动玩具！"我弯腰跟那小孩说，"一个也没有，大的也没有，小的也没有——你不用跟我比，我根本就没有电动玩具，告诉你，我一点儿也不喜欢电动玩具。"

小孩目瞪口呆地望着我，正在这时候，小孩的爸爸在里面叫他：

"回来，不要烦客人。"

（奇怪的是他只关心有没有哪一宗生意被这小鬼吵掉了，他完全没想到说这种话的儿子已经很有毛病了。）

我不能忘记那小孩惊奇不解的眼神。大概，这正等于你驰马行过草原，有人拦路来问："远方的客人啊，请问你家有几千骆驼？几万牛羊？"

你说："一只也没有，我没有一只骆驼、一只牛、一只羊，我连一只羊蹄也没有！"

又如雅美人问你："你近年有没有新船下水？下水礼中你有没有准备够多的芋头？"

你却说："我没有船，我没有猪，我没有芋头！"

这是一个奇怪的世界。计财的方法或用骆驼，或用芋头，或用田地，或用妻妾，至于黄金、钻石、房屋、车子、古董——都是可以计算的单位。

这样看来，那孩子要求以电动玩具和我比画，大概也不算极荒谬吧！

可是，我是生命，我的存在，既不是"架""栋""头""辆"，也不是"亩""艘""匹""克拉"等单位所可以称量评估的啊！

我有一个梦

楔　子

四月的植物园，一头走进去，但见群树汹涌而来，各绿其绿，我站在旧的图书馆前，心情有些迟疑。新荷已"破水而出"，这些童年期的小荷令人忽然懂得什么叫疼怜珍惜。

我迟疑，只因为我要去找刘白如先生谈自己的痴梦，有求于人，令我自觉羞惭不安，可是，现在是春天，一切的好事都应该可以有权利发生。

似乎是仗了好风好日的胆子，我于是走了进去，找到刘先生，把我的不平和愿望一五一十地说了。我说，我希望有人来盖一间中文教室——盖一间合乎美育原则的，像中国旧式书斋的教室。

我把话说得简单明了，所以只消几句就全说完了。

"构想很好，"刘先生说，"我来给你联络台中明道中学的汪校长。"

"明道是私立中学，"我有点儿担心，"这教室费财费力，明道未必承担得下来，我看还是去找'教育部'和'教育厅'来出面比较好。"

"这你就不懂了，还是私立学校单纯——汪校长自己就做得了主。如果案子交给公家，不知道要左开会、右开会，开到什么时候。"

我同意了，当下又聊了些别的事，我即开车回家，从植物园到我家，大约十分钟车程。

走进家门，尚未坐下，电话铃已响，是汪校长打来的，刘先生已把我的想法都告诉他了。

"张教授，我们原则上就决定做了，过两天，我上台北，我们商量一下细节。"

我被这个电话吓了一跳，世上之人，有谁幸运似我，就算是暴君，也不能强迫别人十分钟以后立刻决定承担这么大一件事。

我心里涨满谢意。

两年以后，房子盖好了，题名为"国学讲坛"。

一开始，刘先生曾命我把口头的愿望写成具体的文字，可以方便宣传，我谨慎从命，于是写了这篇《我有一个梦》。

我有一个梦。

我不太敢轻易地把这梦说给别人听，怕遭人耻笑——毕竟，在这个世界上敢于去梦想的人并不多。

让我把故事从许多年前说起：南台湾的小城，一个女中的校园。六月，成串的黄花沉甸甸地垂自阿勃勒花树。风过处，花雨成阵，松鼠在老树上飞奔如急箭，音乐教室里传来三角大钢琴的琤琮流泉……

啊！我要说的正是那间音乐教室！

我不是一个敏于音律的人，平生也不会唱几首歌，但我仍深爱音乐。这，应该说和那间音乐教室有关吧！

我仿佛仍记得那间教室：大幅的明亮的窗，古旧却完好的地板，好像是日据时期留下的大钢琴，黄昏时略显昏暗的幽微光线……我们在那里唱"苏连多岸美丽海洋"，我们在那里唱《阳光三叠》。

所谓学习音乐，应该不只是一本音乐课本、一个音乐老师。它岂不是也包括那阵雨初霁的午后，那熏人欲醉的南风，那树梢悄悄的风声，那典雅的、光可鉴人的大钢琴，那开向群树的格子窗……

近年来，我有机会参观一些耗资数百万或上千万的自然科学实验室。明亮的灯光下，不锈钢的颜色闪烁着冷然且绝对的知性光芒。令人想起伽利略，想起牛顿，想起历史回廊上那些伟大耸动的名字。实验室已取代古人的孔庙，成为现代人知识的殿堂，人行至此都要低声下气，都要"文武百官，至此下马"。

人文方面的教学也有这样伟大的空间吗？有的。英文教室里，每人一副耳机，清楚的录音带会要你把每一节发音都校正清楚，电视画面上更有生动活泼的镜头，诱导你可以做个"字正腔圆"的"英语人"。

每逢这个时候，我就暗自叹息，在我们这号称为华夏的土地上，有没有哪一个教育行政人员，肯把为物理教室、化学教室或英语教室所花的钱匀出一部分用在中国语文教室里的？换句话说，我们可以来盖一间国学讲坛吗？

当然，你会问："国学讲坛？什么叫国学讲坛？国学哪需要什么讲坛？国学讲坛难道需要望远镜或显微镜吗？国文需要光谱仪吗？国文教学不就只是一位戴老花眼镜的老先生凭一把沙喉老嗓就可以廉价解决的事吗？"

是的，我承认，曾经有位母亲，蹲在地上，凭一根树枝、一堆沙子，就这样，她教出了一位欧阳修来。只要有一个一米见方的地方，只要有一位热诚的教师和学生，就能完成一场成功的教学。

但是，现在是九十年代了，我们在一夕之间已成暴富，手上捧着钱茫茫然不知该做什么……为什么在这种时候，我们仍然要坚持阳春式的国文教学呢？

我有一个梦。（但称它为梦，我心里其实是委屈的啊！）

我梦想在这土地上，除了能为英文、为生物、为化学、为太空科学设置实验室之外，也有人肯为国文设置一间讲坛。

我梦想有一位国文教师在教授"好鸟枝头亦朋友，落花水面皆文章"的时候，窗外有粉色羊蹄甲正落入春水的波面，苦楝树上也刚好传来鸟鸣，周围的环境恰如一片舞台布景板，处处笺注着白纸黑字的诗。

晚明吴从先有一段文字读之目醉神驰，他说："斋欲深，槛欲曲，树欲疏，萝薜欲青垂；几席、阑干、窗窦，欲净滑如秋水；榻上欲有烟云气；墨池、笔床，欲时泛花香。读书得此护持，万卷尽生欢喜。嫏嬛仙洞，不足羡矣。"

吴从先又谓："读史宜映雪，以莹玄鉴。读子宜伴月，以寄远神……读《山海经》《水经》、丛书、小史，宜疏花瘦竹，冷石寒苔，以收无垠之游，而约缥缈之论。读忠列传，宜吹笙鼓瑟以扬芳。读奸佞传，宜击剑捉酒以销愤。读《骚》宜空山悲号，可以惊蛰。读赋宜纵水狂呼，可以旋风……"

——啊，不，这种梦太奢侈了！要一间平房，要房外的亭台楼阁、花草树木，要春风穿户、夏雨叩窗的野趣，还要空山幽壑、笙瑟溢耳。这种事，说出来——谁肯原谅你呢？

那么，退而求其次吧！只要一间书斋式的国学讲坛吧！要一间安静雅洁的书斋，有中国式的门和窗，有木质感觉良好的桌椅，你可以坐在其间，你可以第一次觉得做一个华夏人也是不错的事，也有其不错的感觉。

那些线装书——就是七十多年前差点儿遭一批激进分子丢到茅厕坑里的那批——现在拿几本来放在桌上吧！让年轻人看看宋刻本的书有多么典雅娟秀，字字耐读。

教师的前方，不妨有"杏坛"两字，如果制成匾，则悬挂高墙，如果制成碑，则立在地上。根据《金石索》的记录，在山东曲阜的圣庙前，有金代党怀英所书"杏坛"两字，碑高六尺（指汉制的六尺），宽三尺，字大一尺八斗。我没有去过曲阜，不知那碑如今尚在否？如果断碑尚存，则不妨拓回来重制，如果连断碑也不在了，则仍可根据《金石索》上的图样重刻回来。

唐人钱起的诗谓："更怜童子宜春服，花里寻师到杏坛。"百年来我们的先辈或肝脑涂地或胼手胝足，或躲在防空洞里读其破本残卷，或就着油灯饿着肚子皓首穷经——但这一切是为了什么？岂不是为了让我们的下一代活得幸福光彩，让他们可以穿过美丽的花径，走到杏坛前去接受教化，去享受一个中国少年的对中国文化理所当然的继承权。

教室里，沿着墙，有一排矮柜，柜子上，不妨放些下课时可以把玩的东西。一副竹子搁臂，凉凉的，上面刻着诗。一个仿制的古瓮，上面刻着元曲，让人惊讶古代平民喝酒之际也不忘诗趣。一把仿同治时代的茶壶，肚子上面刻着一圈二十个字："落雪飞芳树，幽红雨淡霞，薄月迷香雾，流风舞艳花。"学生正玩着的时候，你可以告诉孩子们这是一首回文诗，全世界只有中国的语言可以做的回文诗。而所谓的回文诗，你可以从任何一个字念起，意思都通，而且都押韵。当然，如果教师有点语言学的知识，他可以告诉孩子汉语都是孤立语（Isolating Language），跟英文所属的屈折语（Inflectional Language）不同。至于仿长沙马王堆的双耳漆器酒杯，由于是沙胎，摇起来里面还会响呢！这比电动玩具可好玩多了吧？酒杯上还有篆文，"君幸酒"三个字，可堪细细看去。如果找到好手，也可以用牛肩胛骨做一块仿古甲骨文，所谓学问，有时固然自苦读中来，有时也不妨从玩耍中得来。

墙上也有一大片可利用的地方，拓一方汉墓石，如何？跟台北画价动辄十万相比，这些古物实在太便宜了，那些画像砖之浑朴大方，令人悠然神往。

如果今天该讲岳飞的《满江红》，何不托人到杭州岳王坟上拓一张岳飞真迹来呢？今天要介绍"月落乌啼霜满天"吗？寒山寺里还有俞樾那块诗碑啊！如果把康南海的那一幅比照来看，就更有意思，一则"古钟沦日史"的故事已呼之欲出。杜甫成都浣花溪的千古风情，或诸葛侯祠的高风亮节，都可以在一幅幅挂轴上留下来。

你喜欢有一把古琴或古筝吗？有，也可以，没有，也可以。这种事不妨即兴。

你喜欢有一点儿檀香加茶香吗？有，也可以，没有，也可以，这种事只消随缘。

如果学生兴致好，他们可以在素净的钵子里养一盆素心兰，这样，他们会了解什么叫中国式的芬芳。

教室里不妨有点儿音响设备，让听惯麦当娜的耳朵，听一听什么叫笛？什么叫箫？什么叫"把乌"？什么叫笙篁……

你听过"鱼洗"吗？一只铜盆，里面镌刻着细致的鱼纹，你在盆里注上大半盆水，然后用手微微打湿，放在铜盆的双耳上摩擦，水就像细致如丝的喷柱，激射而出——啊，世界上竟有这么优雅的玩具。当然，如果你要用物理上的"共振"来解释它，也很好。如果你不解释，仅只让下了课孩子去"好奇"一下，也就算够本。

如果有好端砚，就放一方在那里。你当然不必迷信这样做就能变化气质。但砚台也是可以玩可以摸的，总比玩超人好吧？那细致的石头肌理具有大地的性格，那微凹的地方是时间自己的雕痕。

　　你要让年少的孩子去吃麦当劳，好吧，由你。你要让他们吃肯德基？好，请便。但，能不能，在他年少的时候，在小学，在中学，或者在大学，让他有机会坐在一间中国式的房子里，让他眼睛看到的是中国式的家具和摆设，让他手摸到的是中国式的器皿，让他——我这样祈祷应该不算过分吧——让他忽然对自己说："啊，我是一个中国人！"

　　音乐有教室，因为它需要一个地方放钢琴。理化有教室，因为它需要一个空间放仪器。"国父思想"和"军训"各有教室，体育则花钱更多。那么，容不容许辟一间国学讲坛呢？这样的梦算不算狂妄呢？如果我说，教中文也需要一间讲坛——那是因为我有一整个中国想放在里面啊！

　　我有一个梦！这是一个不忍告诉别人，又不忍不告诉别人的梦啊！

不朽的失眠

他落榜了！一千二百年前。榜纸那么大那么长，然而，就是没有他的名字。啊！竟单单容不下他的名字"张继"那两个字。

考中的人，姓名一笔一画写在榜单上，天下皆知。奇怪的是，在他的感觉里，考不上，才更是天下皆知，这件事，令他羞惭沮丧。

离开京城吧！议好了价，他踏上小舟。本来预期的情节不是这样的，本来也许有插花游街、马蹄轻疾的风流，有衣锦还乡、袍笏加身的荣耀。然而，寒窗十年，虽有他的悬梁刺股，琼林宴上，却并没有他的一角席次。

船行似风。

江枫如火，在岸上举着冷冷的烛焰，这天黄昏，船，来到了苏州。但，这美丽的古城，对张继而言，也无非是另一个触动愁情的地方。

如果说白天有什么该做的事，对一个读书人而言，就是读书吧！夜晚呢？夜晚该睡觉以便养足精神第二天再读。然而，今夜是一个忧伤的夜晚。今夜，在异乡，在江畔，在秋冷雁高的季节，容许一个落魄的士子放肆他的忧伤。江水，可以无限度地收纳古往今来一切不顺遂之人的泪水。

这样的夜晚，残酷地坐着，亲自听自己的心正被什么东西啮食而一分一分消失的声音。并且眼睁睁地看自己的生命如劲风中的残灯，所有的力气都花在抗拒，油快尽了，微火每一刹那都可能熄灭。然而，可恨的是，终其一生，它都不曾华美灿烂过啊！

江水睡了，船睡了，船家睡了，岸上的人也睡了。唯有他，张继，睡不着，夜愈深，愈清醒，清醒如败叶落余的枯树，似梁燕飞去的空巢。

起先，是睡眠排拒了他。（也罢，这半生，不是处处都遭排拒吗？）而后，是他在赌气，好，无眠就无眠，长夜独醒，就干脆彻底来为自己验伤，有何不可？

月亮西斜了，一副意兴阑珊的样子。有鸟啼，粗嘎嘶哑，是乌鸦。那月亮被它一声声叫得更黯淡了。江岸上，想已霜结千草。夜空里，星子亦如清霜，一粒粒零落凄绝。

在须角在眉梢，他感觉，似乎也森然生凉，那阴阴不怀好意的凉气啊，正等待凝成早秋的霜花，来贴缀他惨淡少年的容颜。

江上渔火二三，他们在干什么？在捕鱼吧？或者，虾？他们也会有撒空网的时候吗？世路艰辛啊！即使潇洒的捕鱼人，也不免投身在风波里吧？

然而，能辛苦工作，也是一种幸福吧！今夜，月自光其光，霜自冷其冷，安心的人在安眠，工作的人去工作。只有我张继，是天不管地不收的一个，是既没有权利去工作，也没福气去睡眠的一个……

钟声响了，这奇怪的深夜的寒山寺钟声。一般寺庙，都是暮鼓晨钟，寒山寺却敲"夜半钟"，用以警世。钟声贴着水面传来，在别人，那声音只是睡梦中模糊的衬底音乐。在他，却一记一记都撞击在心坎上，正中要害。钟声那么美丽，但钟声自己到底是痛还是不痛呢？

　　既然失眠，他推枕而起，摸黑写下"枫桥夜泊"四字。然后，就把其余二十八字照抄下来。我说"照抄"，是因为那二十八个字在他心底已像白墙上的黑字一样分明凸显：

　　月落乌啼霜满天，
　　江枫渔火对愁眠。
　　姑苏城外寒山寺，
　　夜半钟声到客船。

　　感谢上苍，如果没有落第的张继，诗的历史上便少了一首好诗，我们的某一种心情，就没有人来为我们一语道破。

　　一千二百年过去了，那张长长的榜单上（就是张继挤不进去的那纸金榜）曾经出现过的状元是谁？哈！谁管他是谁？真正被记得的名字是"落第者张继"。有人会记得那一届状元披红游街的盛景吗？不！我们只记得秋夜的客船上那个失意的人，以及他那场不朽的失眠。

例外的惭愧

有一件事，我十分惭愧，那就是：我经常都不惭愧。

唉，这句话说得那么吊诡，简直就像政客。听来我好像"惭愧于我的不惭愧"，却更像"并不惭愧于我的不惭愧"。

譬如说，我去人家家里吃饭，女主人烧得一手好菜，我一边吃得逸兴遄飞，一边诚心诚意地赞道：

"真惭愧呀，这么好吃的东西，我怎么就烧不出来呀！"

可是，等晚上回到家里，夜深人静之际，我仿佛听见极幽微的声音在提醒我：

"哎，我说，你这家伙，你说的话好像不太诚实哦！你想想，你真的惭愧吗？你说说罢了，你干吗说这种话？这世上说话不实在的人太多了，你还要再增加一个吗？"

我当下嗫嗫嚅嚅：

"哎呀，我并不是撒谎，我当时大概一时冲动吧？我其实并不打算来惭愧的，更不打算来改过，我下回小心不乱说不实之话就是了。"

其他的事依此类推，例如人家的屋子布置得如何雅洁清幽，人家的研究做得如何深沉扎实，人家的菜园整理得如何鲜翠欲滴，我其实都厚着脸皮轻易放过自己——动不动就惭愧，那，日子可要怎么过啊？

不过，倒有一桩"外套事件"例外：

大约十年前，我在暑假去新西兰旅游，住在朋友家里。台湾的暑假其实正逢新西兰的冬天，这一点，我虽然也知道，却仍然心存侥幸，不肯多带厚重的衣服。心里想，如此挥汗的溽暑，带着冬衣出门实在太奇怪了，管他的，等到了新西兰冷得受不了，再去借朋友的衣服来穿吧！

及至到了新西兰，我那几件毛衣实在挡不了事，心里立刻想去买衣服。刚好那天朋友开车带我出游，车子高速开过公路（新西兰人少车少，路又宽平，几乎每条路都可当高速公路来开），我忽然大叫：

"停车，停车——退回去，我看到一所教堂！"

"教堂怎么了？"

"教堂门口有草坪，草坪上有一块牌子，牌子上写着大义卖——"

"奇怪，"朋友半信半疑，"车子开那么快，你也看得到！"

但她还是把车退了回去，果真教堂在举行义卖。

义卖多半不卖什么好东西，都是些人家家里用不着的旧物品，倒是巧克力奶和饼干做得非常好，我们各点了一份。忽然，我看到了一件仿羽绒的美丽外套。哎呀，那刚好是我想要的，跑去一试，尺码正合，再看价钱，天哪，差不多合台币两千元。当天的大堂里，每件东西都贱价，就只这件外套死贵，怎么回事，我竟看上唯一一件贵货，便忍不住想还价。

"对，我知道。"摊位的主人说，"这是场子里最贵的东西，可是这是我朋友刚从美国寄来送我的，全新呢！"

天气实在冷，我立刻付了钱，并且舍不得脱下。

"这件衣服穿来不错，你，为什么不自己留着呢？"

"我不想穿得那么奢华，我穿普通的衣服就好。而且，教堂需要钱！"

我这才仔细看她，她穿一件非常黯败的土色毛衣，她的人也带几分土色。我忽然惭愧起来，我这样随手就买了东西，而这东西却是原主人口中的奢侈品。

年年冬天，我穿这件衣服的时候，内心都十分惶愧。想起那清瘦的主人，我觉得自己有点儿越分，但我又不能拿这件衣服去还她，只好小心翼翼爱惜着穿，好来赎我的罪咎。不管我能活几岁，不管我有多重要的场合须出席，我立志再不去买第二件冬衣。

我惭愧，对那位我不知名的南半球的穿着素朴的女子。平生极少生愧，但一想起那妇人安静的眼神、瘦弱的身体、低抑的语调，我就——惶恐惭愧。

我恨我不能如此抱怨

我不幸是一个"应该自卑"的人，不过所幸同时又是一个糊涂的人，因此靠着糊涂，竟常常逾矩地忘了自己"应该自卑"的身份，这于我倒是件好事。

可是，每当我浑然欲忘的时候，总有一两个高贵的家伙，适时提醒了我应该永志不忘的自卑感，使我不胜羞愤。

一日，我静坐悟道，忽然感出种种自卑之端，皆在于生平不会埋怨。如果我一旦也像某些高贵的家伙整天能高声埋怨、低声叹气，想必也有一番风光。只是此事知之虽不易，行之尤难，能"埋怨"的权利不是人人可以具备的。人家之所以高贵，是由于人家能"生而知之"地抱怨，次一等的也都或早或晚地参悟了"学而知之"的抱怨，我不幸是不属于"困而不知"的绝物，我是一个注定自卑的角色了！

我生平第一件不如人的事便是中国话十分流利，使我失去了埋怨中国话的权利。无论什么话，要用中文讲出来于我竟是毫无窒碍，这件事真可耻。我很想努力雪耻，无奈已积习难改，力不从心了。

试观今日之天下，讲中国话实为标准学人的第一大忌。我不幸没有得到良好的家教，从小竟学会了中国话，思想起来对父母（乃至于祖父母）养子不教一事，总觉得他们难以逃过。他们竟然不约束我，致使我的中国话发展成如此畸形的完整，真是令我气愤。

如今学人讲演的必要程序之一，便是讲几句话便忽然停下来，以优雅而微皱的声音说："说到 Oedipus Complex ——唔，这句话应该怎么说？对不起，中文翻译我也不太清楚，什么？伊底帕斯情结，是，是。唔，什么？恋母情结？是，是，我也不敢 sure，好，anyway，你们都知道 Oedipus Complex，中文，唉，中，中文翻译真是……"

当然，一次演讲只停下来抱怨一次中文是绝对不够光荣的，段数高的人必须五步一楼，十步一阁，连讲到 brother-in-law 也必须停下来。"是啊，这个字真难翻，姐夫？不，他不是他的姐夫，小舅子？也不是小舅子。什么？小叔子——小叔子是什么意思？丈夫的弟弟？不对，他是他太太的妹妹的丈夫，连襟，是这个意思吗？好，他的 brother-in-law，他的连，连什么，是，是，他连襟，中文有些地方真是麻烦，英文就好多啦。"

我对这种接驳式的演说真是企慕之至，试观他眉结轻绾、两手张摊的无奈，细赏他摇头叹息，真是儒雅风流，深得摩登才子之趣。细腰的沈约，白脸的何晏万万不能与之相比，我辈一口标准中文的人更不敢望其项背。

我生平第二件不如人的事是身体太好，以至失去了抱怨天气、抱怨胃口以及抱怨一切疼痛的权利。其实我也深知，40 岁以上的女人如果没有点儿高血压、糖尿病和胆固醇偏高，简直就等于取得了一张清寒证明书。而 40 岁以下的人如果不曾惹上"神经衰弱""胃痛""寂寞的 17 岁"之类症候，无异自己承认 IQ 偏低（IQ 该翻译成什么，我不大清楚，哦，也许你说得对，好像是翻成智商），我不幸青黄不接，既没有捞着年轻人的病，也没赶上中老年人的热闹，真真是古人所说的"粗安"。而且胃口尤其好，健康得近乎异常，在酒席上居然可以从拼盘吃到甜点。中间既不怕明虾引起过敏，也不嫌血蛤腥气，更压根儿没有想起"肠子、肚子"是文明人该忌讳的东西，上青菜的时候又总是忘了一声欢呼："青菜来了！我最爱吃青菜了！"等别人先叫了我当然不免后悔，但已来不及了。试看人家说这话的当儿显出多么高贵的气质，言外之意不外"我家天天蒸龙炙凤，你这桌珍肴只有青菜是我很少吃到的"。而我觉得天下最可笑的事，莫过于到酒席上去吃一棵用苏打水煮得酥软又绿得稀奇古怪的芥菜了。

偶尔看一眼电视，我总是深感惭愧，简直像做了小偷似的。电视节目是卖药的提供的，看电视而不买药简直像白看戏一样不道德。设若人人都像我一样不道德，还得了吗？可惜卑鄙的我无论是"救心""救肾"都用不着，整肠健胃的药也跟我无缘，我甚至还忘了复兴固有文化人人有责的信条，居然也没买过"追风透骨丸""铁牛运功散""七厘行血散"，自己也很为自己的厚颜不安。不过我倒建议在这"药物超级市场"的电视广告中，可否加上一种药——专令人生点儿什么病的药—— 一来我生了病，自可理直气壮地走进药店，付我该付的"娱乐费"；二来我也可以稍稍提高自己的社会地位，免得别人谈病的时候，我总是有被摒弃的自卑。

我第三件不如人的事是生活得太简单，以致失去了形形色色可资抱怨的资料。我也想抱怨自己的记性坏，但因缺少几分富贵气，即使勉强凑热闹抱怨两句，未必使"贵人多忘"的逆定理即"多忘贵人"成立。我也很想抱怨台北的路不及纽约好找，但不成器的我一打开地图就知道去"龙山寺"、去"后港里",乃至于去"深坑"、去"倒吊子"该坐什么车。我更羡慕的抱怨是抱怨台北的菜馆变不出花样来,抱怨真正优秀的厨子都出国做了"宣慰使"。说来不怕人耻笑,我即使吃一碗牛肉面、一碗担担面也觉得回味无穷。我甚至迷信中国厨子做的汉堡牛肉饼(看,好好一个用 Hamburger 的机会被我错过了!)也比洋人做得好吃些。对于那些高高兴兴地抱怨用人难伺候、抱怨司机难请、抱怨女秘书不好找的人物,我真是艳羡万分。假如我能再做一遍小学生,再有机会写一遍"我的志愿",我一定不再想当"总统"了,我只愿能够做一个时时刻刻可以抱怨的人。大抱怨固然可以造成大显赫的感觉,小抱怨也颇能顾盼自如,足以造成不肖如我者的嫉妒。说来真丢脸,我已经无能到连抱怨汽油贵的人都嫉妒的程度了(因为我和我的朋友们从来不买汽油,我的朋友们用汽油只止于打火机,我们也很想说几句话抱怨石油恐慌,但总壮不起胆来)。我嫉妒人家抱怨儿子吃饭,不吃猪肝、不吃鸡腿——因为我的儿子从来不晓得吃饭前还有"母亲应该恳切地哀求,并许以逛街、冰激凌等"的"文明规则"。相较之下,很为犬子"伸筷直吃"的缺乏教养的表现而羞愧。至于那些抱怨股票不好做,抱怨女儿不好好学钢琴,抱怨太太花钱如水,抱怨全台北没有一个好手艺的西装师傅,抱怨买不到真正的美国生芹菜,无一不让人闻之自卑而汗颜。

我自己很缺乏抱怨的资料,不过好在我虽然身不能至,尚能心向往之。我深恐有人仍恬不知耻地不懂得为自己不能抱怨而自卑而羞愤,及谨撰文,但愿国中人士能父以勉子,兄以勉弟,以期他日能一雪前耻,发愤图强,共缔光明之前程。

月，阙也

"月，阙也"，那是一本两千年前的文学专书的解释。阙，就是"缺"的意思。

那解释使我着迷。

曾国藩把自己的住所题作"求阙斋"，求缺？为什么？为什么不求完美？

那斋名也使我着迷。

"阙"有什么好呢？"阙"简直有点儿像古中国性格中的一部分，我渐渐爱上了阙的境界。

我不再爱花好月圆了吗？不是的，我只是开始了解花开是一种偶然，但我同时学会了爱它们月不圆、花不开的"常态"。

在中国的传统里，"天残地缺"或"天聋地哑"的说法几乎是毫无疑问地被一般人所接受。也许由于长期的患难困顿，中国神话对天地的解释常是令人惊讶的。

在《淮南子》里，我们发现中国的天空和中国的大地都是曾经受伤的。女娲以其柔和的慈手补缀、抚平了一切残破。当时，天穿了，女娲炼五色石补了天。地摇了，女娲折断了神鳌的脚爪垫稳了四极（多像老祖母叠起报纸垫桌子腿）。她又像一个能干的主妇，扫了一堆芦灰，止住了洪水。

中国人一直相信天地也有其残缺。

我非常喜欢中国西南部有一少数民族的神话，他们说，天地是男神、女神合造的。当时男神负责造天，女神负责造地。等他们各自分头完成了天地而打算合在一起的时候，可怕的事发生了：女神太勤快，她们把地造得太大，以至于跟天没办法合得起来了。但是，他们终于想到了一个好办法，他们把地折叠了起来，形成高山低谷，然后，大地才虚合起来了。

是不是西南的崇山峻岭给他们灵感，使他们想起这则神话呢？

天地是有缺陷的，但缺陷造成了皱折，皱折造成了奇峰幽谷之美。月亮是不能常圆的，人生不如意事十之八九，当我们心平气和地承认这一切缺陷的时候，我们忽然发觉没有什么是不可以接受的。

在另一则汉民族的神话里，说到大地曾被共工氏撞不周山时撞歪了——从此"地陷东南"，长江黄河便一路浩浩渺渺地向东流去，流出几千里的惊心动魄的风景。而天空也在当时被一起撞歪了，不过歪的方向相反，是歪向西北，据说日月星辰因此"哗啦"一声大部分都倒到那个方向去了。如果某个夏夜我们抬头而看，忽然发现群星灼灼然的方向，就让我们相信，属于中国的天空是"天倾西北"的吧！

五千年来，汉民族便在这歪倒倾斜的天地之间挺直脊骨生活下去，只因我们相信残缺不但是可以接受的，而且是美丽的。

而月亮，到底曾经真正圆过吗？人生世上其实也没有看过真正圆的东西，一张葱油饼不够圆，一块镍币也不够圆，即使是圆规画的圆，如果用高度显微镜来看也不可能圆得很完美。

真正的圆存在于理念之中，而在现实的世界里，我们只能做圆的"复制品"。就现实的操作而言，一截圆规上的铅笔芯在画圆的起点和终点时，已经粗细不一样了。

所有的天体远看都呈球形，但并不是绝对的圆，地球是约略近于椭圆形。

就算我们承认月亮约略的圆光也算圆，它也是"方其圆时，即其缺时"。有如十二点整的钟声，当你听到钟声时，已经不是十二点了。

此外，我们更可以换个角度看。我们说月圆月缺其实是受我们有限的视觉所欺骗。有盈虚变化的是月光，而不是月球本身。月何尝圆，又何尝缺，它只不过像地球一样不增不减地兀自圆着——以它那不十分圆的圆。

花朝月夕，固然是好的，只是真正的看花人哪一刻不能赏花？在初生的绿芽嫩嫩怯怯地探头出土时，花已暗藏在那里；当柔软的枝条试探地在大气中舒手舒脚时，花隐在那里；当蓓蕾悄然结胎时，花在那里；当花瓣怒张时，花在那里；当香销红黯委地成泥的时候，花仍在那里；当一场雨后只见满丛绿肥的时候，花还在那里；当果实成熟时，花恒在那里，甚至当果核深埋地下时，花依然在那里。

或见或不见，花总在那里；或盈或缺，月总在那里，不要做一朝的看花人吧！不要做一夕的赏月人吧！人生在世哪一刻不美好完满？哪一刻不该顶礼膜拜、感激欢欣呢？

因为我们爱过圆月，让我们也爱缺月吧——它们原是同一个月亮啊！

春之怀古

春天必然曾经是这样的：从绿意内敛的山头，一把雪再也撑不住了，"扑哧"一声，将冷面笑成花面，一首渐渐然的歌便从云端唱到山麓，从山麓唱到低低的荒村，唱入篱落，唱入一只小鸭的黄蹼，唱入软溶溶的春泥——软如一床新翻的棉被的春泥。

那样娇，那样敏感，却又那样混沌无涯。一声雷，可以无端地惹哭满天的云；一阵杜鹃啼，可以斗急了一城杜鹃花；一阵风起，每一棵柳都会吟出一则则白茫茫、虚飘飘、说也说不清、听也听不清的飞絮，每一丝飞絮都是一株柳的分号。反正，春天就是这样不讲理、不逻辑，而仍可以好得让人心平气和。

春天必然会是这样的：满塘叶黯花残的枯梗抵死苦守一截老根，北地里千宅万户的屋梁受尽风欺雪凌，犹自温柔地抱着一团小小的空虚的燕巢。然后，忽然有一天，桃花把所有的山村水廓都攻陷了。柳树把皇室的御沟和民间的江头都控制住了——春天有如旌旗鲜明的王师，因为长期虔诚的企盼祝祷而美丽起来。

而关于春天的名字，必然曾经有这样的一段故事：在《诗经》之前，在《尚书》之前，在仓颉造字之前，一只小羊在啮草时猛然感到的多汁，一个孩子放风筝时猛然感觉到的飞腾，一双患风痛的腿在猛然间感到舒适，千千万万双素手在溪畔、在江畔浣纱时所猛然感到的水的血脉……当他们惊讶地奔走互告的时候，他们决定将嘴噘成吹口哨的形状，用一种愉快的耳语的声音来为这季节命名——"春"。

鸟又可以开始丈量天空了。有的负责丈量天的蓝度，有的负责丈量天的透明度，有的负责用那双翼丈量天的高度和深度。而所有的鸟全不是好的数学家，他们吱吱喳喳地算了又算，核了又核，终于还是不敢宣布统计数字。

至于所有的花，已交给蝴蝶去数。所有的蕊，交给蜜蜂去编册。所有的树，交给风去纵宠。而风，交给檐前的老风铃去一一记忆，一一垂询。

春天必然曾经是这样，或者，在什么地方，它仍然是这样的吧？穿越烟囱与烟囱的黑森林，我想走访那踯躅在湮远年代中的春天。

行道树

每天，每天，我都看见它们，它们是已经生了根的——在一片不适于生根的土地上。

有一天，一个炎热而忧郁的下午，我沿着人行道走着，在穿梭的人群中，听自己寂寞的足音，我又看到它们，忽然，我发现，在树的世界里，也有那样完整的语言。

我安静地站住，试着去理解它们所说的一则故事：

我们是一列树，立在城市的飞尘里。

许多朋友都说我们是不该站在这里的，其实这一点，我们知道得比谁都清楚。我们的家在山上，在不见天日的原始森林里。而我们居然站在这儿，站在这双线道的马路边，这无疑是一种堕落。我们的同伴都在吸露，都在玩凉凉的云。而我们呢？我们唯一的装饰，正如你所见的，是一身抖不落的煤烟。

是的，我们的命运被安排定了，在这个充满车辆与烟囱的工业城里，我们的存在只是一种悲凉的点缀。但你们尽可以节省下你们的同情心，因为，这种命运事实上也是我们自己选择的——否则我们不会在春天勤生绿叶，不必在夏日献出浓荫。神圣的事业总是痛苦的，但是，也唯有这种痛苦能把深度给予我们。

当夜来的时候，整个城市都是繁弦急管，都是红灯绿酒。而我们在寂静里，在黑暗里，我们在不被了解的孤独里。但我们苦熬着把牙龈咬得酸疼，直等到朝霞的旗冉冉升起，我们就站成一列致敬——无论如何，我们这城市总得有一些人迎接太阳！如果别人都不迎接，我们就负责把光明迎来。

这时，或许有一个早起的孩子走了过来，贪婪地呼吸着鲜洁的空气，这就是我们最自豪的时刻了。是的，或许所有的人都早已习惯于污浊了，但我们仍然固执地制造着不被珍视的清新。

落雨的时分也许是我们最快乐的，雨水为我们带来故人的消息，在想象中又将我们带回那无忧的故林。我们就在雨里哭泣着，我们一直深爱着那里的生活——虽然我们放弃了它。

立在城市的飞尘里，我们是一列忧愁而又快乐的树。

故事说完了，四下寂然，一则既没有情节也没有穿插的故事，可是，我听到了它们深深的叹息。我知道，那故事至少感动了它们自己。然后，我又听到另一声更深的叹息——我知道，那是我自己的。

没有谈过恋爱的

1

朋友的女儿还在读大学,她写了一篇武侠小说——哦,不,事实上是写了半篇小说,因为写到一半她便罢手不写了。

唉,写到一半的小说听来是多么令人沮丧啊,简直像织了一半的布遭人剪断,或煮成半熟的饺子忽而遇见停电。此女幼慧,叔叔、伯伯、阿姨都很看好她,但她就是不肯把那篇小说写完,老妈催她,她竟说出一个奇怪的理由:"我又没有谈过恋爱,这一段我是写不下去了。你要我写,那,你去帮我找个男朋友好了!"老妈一时气结,暗中抱怨此女明明是懒惰,却把理由编成如此这般。我闻其言,不禁大笑,我说:"哎,哎,你这女儿果真是没有谈过恋爱。她如果谈了恋爱,就知道,描述恋爱其实最好是没有谈过恋爱。真的谈了恋爱,写出来未必能直逼爱情……"

这一段话说得有点儿像绕口令,可能让听者更糊涂了。我想只好找些例子来说明吧!

2

一百一十多年前，英国的作家王尔德讲了一个故事给法国的作家纪德听，故事后来被人安上一个题目叫《讲故事的人》。在我看来，这故事简直是《老子》中"知者不言，言者不知"的批注。

故事是说有一个人爱讲故事，所以颇受村民欢迎。他会在返家时鬼扯一些奇遇，例如途经森林，惊见牧神吹笛、仙女群舞；途经海岸，又见三个美人鱼以金梳梳理碧发，听者觉得极其精彩。不料，他后来竟果然碰见自己描述的景象，当村民又来相询的时候，他却噤声不语，只说，我此行一无所见。

3

1844 年出生的亨利·卢梭其实终其一生都住在法国，他的职业是收税员，但他当过四年兵，四年中遇见不少同袍是曾去过墨西哥的。透过这些同伴或忠实或不忠实的描述，他居然也感受到一些南美风情。之后他又跑到城市中的植物园去写生，观察非洲热带植物。

1889 年，当时他已经 45 岁了，由于巴黎办万国博览会，他也就间接懂了一些塞内加尔、东京和大溪地。就这样拼拼凑凑，半揣度半狂想，他居然画出一派恍惚迷离亦真亦幻的作品，如《睡着的吉卜赛人》（1897）或《梦》（1910）都令观者倾倒入迷，连毕加索也景仰其人。

4

2004 年 3 月，我应邀去"淡大"听叶嘉莹教授讲"词"，叶教授八十多岁了，风采依旧照人。满堂崇拜者，引颈以待。她是美丽清雅而又智慧灵明的。她的生平又有些传奇性，听她的演讲的确是无趣生活中的盛事。但那天她不知怎么，说着说着就忽然冒出一句话，说自己年轻的时候在长辈安排下结了婚，而她此生最大的遗憾便是不曾谈恋爱，如果有来生，一定要谈一场恋爱。可是，如果有来生，谈过一场好恋爱的美丽聪颖的那女子，会比此刻的叶嘉莹教授更好吗？经她诠释的情词会更细腻吗？经她吟诵的诗会更催人泪下吗？"无憾"以后的叶嘉莹教授又会以什么面目活在来世呢？

5

神父无妻，却反能指导婚姻。男性医师不怀孕，也自能指导生产过程。梅兰芳并没去做变性手术，却能委婉唱出某个春天花园中的女子杜丽娘的情根欲苗……至于死，谁都没死过，却有人把死写得浃髓沦肌。

6

谁说要谈完一场恋爱才能把小说写好？

有 些 女 孩

吟 了

不 该 吟 的 诗

初绽的诗篇

白莲花

二月的冷雨浇湿了一街的路灯，诗诗。

生与死，光和暗，爱和苦，原来都这般接近。

而诗诗，这一刻，在待产室里，我感到孤独，我和你，在我们各人的世界里孤独，并且受苦。诗诗，所有的安慰，所有怜惜的目光，为什么都那么不切实际？谁会了解那种疼痛，那种曲扭了我的身体，击碎了我的灵魂的疼痛，我挣扎，徒然无益地哭泣。诗诗，生命是什么呢？是崩裂自伤痕的一种再生吗？

雨在窗外，沉沉的冬夜在窗外，古老的炮仗在窗外，世界又宁谧又美丽，而我，诗诗，何处是我的方向？如果我死，这将是我躺过的最后一张床，洁白的，隔在待产室幔后的床。我留我的爱给你，爱是我的名字，爱是我的写真。有一天，当你走过蔓草荒烟，我便在那里向你轻声呼喊——以风声，以水响。

诗诗，黎明为什么这样遥远，我的骨骼在山崩，我的血液在倒流，我的筋络像被灼般地揪起，而诗诗，你在哪里？他们推我入产房，诗诗，人间有比这更孤绝的地方吗？那只手被隔在门外——那终夜握着我的手，那多年前在月光下握着我的手。他的目光，他的祈祷，他的爱，都被关在外面，而我，独自步向不可测的命运。

所有的脸退去，所有的往事像一支弃置的牧笛。室中间，一盏大灯俯向我仰起的脸，像一朵倒生的莲花，在虚无中燃烧着千层洁白。花是真，花是幻，花是一切，诗诗。

今夜太长，我已疲倦，疲于挣扎，我只想嗅嗅那朵白莲花，嗅嗅那亘古不散的幽香。

花是你，花是我，花是我们永恒的爱情，诗诗。

四月的迷迭香

似乎是四月，似乎是原野，似乎是蝶翅乱扑的花之谷。

"呼吸，深深地呼吸吧！"从遥远的地方，有那样温柔的声音传来。

我在何处，诗诗，疼痛渐远，我听见金属的碰撞声，我闻着那样沁人的香息。你在何处，诗诗。

"用力！已经看见头了！用力！"

诗诗，我是星辰，在崩裂中涣散。而你，诗诗，你是一颗全新的星，新而亮，你的光将照彻今夜。

诗诗，我望着自己，因汗和血而潮湿的自己，忽然感到十字架并不可怕，髑髅地并不可怕，荆棘冠冕并不可怕，孤绝并不可怕——如果有对象可以爱，如果有生命可为之奉献，如果有理想可前去流血。

"呼吸，深深地呼吸。"何等的迷迭香，诗诗，我就浮在那样的花香里，浮在那样无所惧的爱里。

早晨已经来，万象寂然，宇宙重新回到太古，混沌而空虚，只有迷迭香，沁人如醉的迷迭香，诗诗，你在哪里？

我仍清楚地感到手术刀的宰割，我仍能感到温热的血在流，血，以及泪。

我仍感觉到我苦苦的等待。

歌　手

像高悬的瀑布，你猝然离开了我。

"恭喜啊，是男孩。"

"谢谢。"我小声地说，安慰，而又悲哀。

我几乎可以听到他们剪断脐带的声音，我们的生命就此分割了，分割了，以一把利剪。诗诗，而今而后，虽然表面上我们将住在一个屋子里，我将乳养你、抱你、亲吻你，用歌声送你去每晚的梦中，但无论如何，你将是你自己了。你的眼泪、你的欢笑，都将与我无分，你将扇动你自己的羽翼，飞向你自己的晴空。

诗诗，可是我为什么哭泣，为什么我老想着要挽回什么。

世上有什么角色比母亲更孤单，诗诗，她们是注定要哭泣的。诗诗，容我牵你的手，让我们尽可能地接近。而当你飞翔时，容我站在较高的山头上，去为你担心每一片过往的云。

他们为什么不给我看你的脸，我疲惫地沉默着。但忽然，我听见你的哭。

那是一首诗，诗诗。这是一种怎样的和谐呢？啼哭，却充满欢欣，你像你的父亲，有着美好的 tenor（男高音）嗓子，我一听就知道。

而诗诗，我的年幼的歌手，什么是你的主题呢？一些赞美？一些感谢？一些敬畏？一些迷惘？但不管如何，它们感动了我，那样简单的旋律。

诗诗，让你的歌持续，持续在生命的死寂中。诗诗，我们不常听到流泉，我们不常听到松风，我们不常有伯牙，不常有华格纳，但我们永远有婴孩。有婴孩的地方便有音乐，神秘而美丽，像传抄自重重叠叠的天外。

诗诗，歌手，愿你的生命是一支庄严的歌，有声，或者无声，去充满人心的溪谷。

丁大夫和画

丁大夫来自很远的地方，诗诗，很远很远的爱尔兰，你不曾知道他，他不曾知道你。当他还是一个吹着风笛的小男孩，他何尝知道半个世纪以后，他将为一个黑发黑睛的孩子引渡？

诗诗，是一双怎样的手安排他成为你所见到的第一张脸孔？

他有多么好看的金发和金眉，他和善的眼神和红扑扑的婴儿般的脸颊使人觉得他永远都在笑。

当去年初夏，他从化验室中走出来，对我说"恭喜你"的时候，我真想吻他的手。他明亮的浅棕色的眼睛里充满了了解和美善，诗诗，让我们爱他。

而今天早晨，他以钳子钳你巨大的头颅，诗诗，于是你就被带进世界。

当一切结束，终夜不曾好睡的他舒了一口气。有人在为我换干净的褥单，他忽然说：

"看啊，我可以到巴黎去，我画得比他们好。"

满室的护士都笑了，我也笑，忽然，我才发现我疲倦得有多么厉害。

他们把那幅画拿走了，那幅以我的血、我的爱绘成的画，诗诗，那是你所见的第一幅画，生和死都在其上，诗诗，此外不复有画。

推车，甜蜜的推车，产房外有忙碌的长廊，长廊外有既忧苦又欢悦的世界，诗诗。

丁大夫来到我的床边，和你愣然的父亲握手。

"让我们来祈祷。"他说，合上他厚而大的巴掌——那是医治者的掌，也是祈祷者的掌，我不知道我更爱他的哪一种掌。

上帝，我们感谢你，

因为你在地上造了一个新的人，

保守他，使他正直，

帮助他，使他有用。

诗诗，那时，我哭了。

诗诗，廿七年过去，直到今晨，我才忽然发现，什么是人，我才了解，什么是生存，我才彻悟，什么是上帝。

诗诗，让我们爱他，爱你生命中第一张脸，爱所有的脸——可爱的，以及不可爱的，圣洁的，以及有罪的、欢愉的，以及悲哀的。直爱到生命的末端，爱你黑瞳中最后的脸。

诗诗。

红　樱

无端的，我梦见夹道的红樱。

梦中的樱树多么高、多么艳，我的梦遂像史诗中的特洛城，整个地被燃着了，我几乎可以听见火焰的噼啪声。

而诗诗，我骑一辆跑车，在山路上曲折而前。我觉得我在飞。

于是，我醒来，我仍躺在医院白得出奇的被褥上。那些樱花呢？那些整个春季里真正只能红上三五天的樱瓣呢？

因此就想起那些山水、那些花鸟，那些隔在病室之外的世界。诗诗，我曾狂热地爱过那一切，但现在，我却被禁锢，每天等待四小时一次的会面，等待你红于樱的小脸。

当你偶然微笑，我的心竟觉得容不下那么多的喜悦，所谓母亲，竟是那么卑微的一个角色。

但为什么，当我自一个奇特的梦中醒来，我竟感到悲哀。春花的世界似乎离我渐远了，那种悠然的岁月也向我挥手作别。而今而后，我只能生活在你的世界里，守着你的摇篮，等待你的学步，直到你走出我的视线。

我闭上眼睛，想再梦一次樱树——那些长在野外、临水自红的樱树，但它们竟不肯再来了。

想起十六岁那年，站在女子中学的花园里所感到的眩晕。那年春天，波斯菊开得特别放浪，我站在花园中间，四望皆花，真怕自己会被那些美所击昏。

而今，诗诗，青春的梦幻渐渺，余下唯一比真实更真实，比美善更美善的，那就是你。

但诗诗，你是什么呢？是我多梦的生命中最后的一梦吗？

祝福那些仍眩晕在花海中的少年，我也许并不羡慕他们。但为什么？诗诗，我感到悲哀，在白贝壳般的病房中，在红樱亮得人眼花的梦后。

在静夜里

你洞悉一切，诗诗，虽然言语于你仍陌生。而此刻，当你熟睡如谷中无风处的小松，让我的声音轻掠过你的梦。

如果有人授我以国君之荣，诗诗，我会退避，我自知并非治世之才。如果有人加我以学者之尊，我会拒绝，诗诗，我自知并非渊博之士。

但有一天，我被封为母亲，那荣于国君、尊于学者的地位，而我竟接受。诗诗。因此当你的生命在我的腹中被证实，我便惶然，如同我所孕育的不只是一个婴儿，而是一个宇宙。

世上有何其多的女子，敢于自卑一个母亲的位分，这令我惊奇，诗诗。

我曾努力于做一个好的孩子、一个好的学生、一个好的教师、一个好的人。但此刻，我知道，我最大的荣誉将是一个好的母亲。

当你的笑意，在深夜秘密的梦中展现，我就感到自己被加冕。而当你哭，闪闪的泪光竟使东方神话中的珠宝全为之失色。当你的小膀臂如萝藤般缠绕着我，每一个日子都是神圣的母亲节。当你晶然的小眼望着我，遍地都开着五月的康乃馨。

因此，如果我曾给你什么，我并不知道。我只知道，你给我的令我惊奇、令我欢悦、令我感戴。

想象中，如果有一天你已长大，大到我们必须陌生、必须误解，那将是怎样的悲哀。故此，我们将尽力去了解你、认识你，如同岩滩之于大海。我愿长年地守望你，熟悉你的潮汐变幻，了解你的每一拍波涛。我将尝试着同时去爱你那忧郁沉静的蓝和纯洁明亮的白——甚至风雨之夕的灰浊。

如果我的爱于你成为一种压力，如果我的态度过于笨拙，那么，请你原谅我，诗诗，我曾诚实地期望为你做最大的给付，我曾幻想你是世间最幸福的孩童。如果我没有成功，你也足以自豪。

我从不认为"天下无不是的父母"，如果让全能者来裁判，婴儿永远纯洁于成人。如果我们之间有一人应向另一人学习，那便是我。帮助我，孩子，让我自你学习人间的至善。我永不会要求你顺承我，或者顺承传统，除了造物者自己，大地上并没有值得你顶礼膜拜的金科玉律。世间如果有真理，那真理自在你的心中。

若我有所祈求，若我有所渴望，那便是愿你容许我更多爱你，并容许我向你支取更多的爱。

在这无风的静夜里，愿我的语言环绕你，如同远远近近的小山。

如果你是天使

如果你是天使，诗诗，我怎能想象如果你是天使。

若是那样，你便不会在夜静时啼哭，用那样无助的声音向我说明你的需要，我便不会在寒冷的冬夜里披衣而起，我便无法享受拥你在我的双臂中，眼见你满足地重新进入酣睡的快乐。

如果你是天使，诗诗，你便不会在饥饿时转动你的颈子，嘬着小嘴急急地四下索乳。诗诗，你永不知道你那小小的动作怎样感动着我的心。

如果你是天使，在每个宁馨的午觉后，你便不会悄无声息地爬上我的大床，攀着我的脖子，吻我的两颊，并且咬我的鼻子，弄得我满脸唾津，而诗诗，我是爱这一切的。

如果你是天使，你不会钻在桌子底下，你便不会弄得满手污黑，你便不会把墨水涂得一脸，你便不会神通广大地把不知何处弄到的油漆抹得一身。但，诗诗，每当你这样做时，你就比平常可爱一千倍。如果你是天使，你便不会扶着墙跌跌撞撞地学走路，我便无缘欣赏倒退着逗你前行的乐趣。而你，诗诗，每当你能够多走几步，你便笑倒在地，你那毫无顾忌的大笑，震得人耳麻，天使不会这些，不是吗？

并且，诗诗，天使怎会有属于你的好奇，天使怎会蹲在地上看一只细小的黑蚁，天使怎会在春天的夜晚讶然地用白胖的小手，指着满天的星月，天使又怎会没头没脑地去追赶一只笨拙的鸭子，天使怎会热心地模仿邻家的狗吠，并且学得那么酷似。

当你做坏事的时候，当你伸手去拿一本被禁止的书，当你蹑着脚走近花钵，你那四下溜目的神色又多么令人绝倒。天使从来不做坏事，天使温顺的双目中永不会闪过你做坏事时那种可爱的贼亮，因此，天使远比你逊色。

而每天早晨，当我拿起手提包，你便急急地跑过来抱住我的双腿，你哭喊、你撕抓，做无益的挽留——你不会如此的，如果你是天使——但我宁可你如此，虽然那是极伤感的时刻，但当我走在小巷里，你那没有掩饰的爱便使我哽咽而喜悦。

如果你是天使，诗诗，我便不会听到那样至美的学话的呀呀，我不会因听到简单的"爸爸""妈妈"而泫然,我不会因你说了串无意义的音符便给你那么多亲吻,我也不会因你在"爸妈"之外,第一个会说的字是"灯"便肯定灯是世间最美丽的东西。

如果你是天使,你决不会唱那样难听的歌,你也不会把小钢琴敲得那么刺耳,不会撕坏刚买的图画书,不会扯破新买的衣服,不会摔碎妈妈心爱的玻璃小鹿,不会因为一件不顺心的事而乱蹬着两条结实的小腿,并且把小脸涨得通红。但为什么你那小小的坏事使我觉得可爱,使我预感到你性格中的弱点,因而觉得我们的接近,并且因而觉得宠爱你的必要。

也许你会有更清澈的眼睛,有更红嫩的双颊、更美丽的金发和更完美的性格——如果你是天使。但我不需要那些,我只满意于你,诗诗,只满意于人间的孩童。

让天使们在碧云之上鼓响他们快乐的翅,我只愿有你,在我的梦中,在我并不强壮的臂膀里。

贝 展

让我们去看贝壳展览,诗诗,让我们去看那光彩的属于海上的生命。

而海,诗诗,海多么遥远,那吞吐着千浪的海,那潜藏着鱼龙的海,那使你母亲的梦境为之芬芳的海。海在何处?诗诗,它必是在千山之外,我已久违了那裂岸的惊涛,我已遗忘了那溺人的柔蓝,眼前只有贝,只有博物馆灯下的彩晕向我见证那澎湃的所在。

诗诗!这密雨的初夏,因一室的贝壳而忧愁了,那些多色的躯壳,似乎只宜于回响一首古老的歌,一段被人遗忘的诗。但人声嘈杂、人潮汹涌,有谁回顾那曾经蠕动的生命,有谁怜惜那永不能回到海中的旅魂。

而你，你童稚的黑睛中只曾看见彩色的斑斓，那些美丽于你似乎并不惊奇，所有的美好，在你都是一种必然，因你并不了解丑陋为何物。丑陋远在你的经验之外。从某一个玻璃柜走过，我突然驻足不前，那收藏者的名字乍然刺痛了我，那曾经响亮的名字如今竟被压在一列寂寞的贝壳之下。记得他中年后仍炯然的双目，他的多年来仍时常夹着激愤的声音，但数年不见，何图竟在冷冷的玻璃板下遇见他的名字。想着他这些年的岁月，心中便凄然，而诗诗，你不会懂得这些——当然，也许有一天你会懂。啊，想到你会懂，我便欲哭。当初我的母亲何尝料到我会懂这一切，但这一天终会来的，伊甸园的篱笆终会倾倒。

且让我们看这些贝，诗诗，这些空洞的躯壳多么像一畦春花，明艳而闪烁。看那碎红，看那皎白，看那沉紫，看那腻黄，诗诗，看那悲剧性的生命。

六月的下午，诗诗，站在千形的贝前，我们怎得不垂泪，为死去的贝，为老去的拾贝人，为逸去的恋海的梦。

诗诗，不要抬起你惊异的小眼，不要探询，且把玩这一枚我为你买的透明的小贝。有一天，或许一天，我们把它带回海边，重放它入那一片不损不益的明蓝。

蝉鸣季

七月了，诗诗。蝉鸣如网，撒自古典的蓝空，蝉鸣破窗而来，染绿了我们的枕席。

诗诗，你的小嘴吱然作声，那么酷似地模仿着，像模仿什么美丽的咏叹调。而诗诗，蝉在何处，在尤加利最高的枝梢上，在晴空最低的流云上，抑或在你常红的两唇上。

而当你笑，把七月的绚丽，垂挂在你细眯的眼睫外，你可曾想及那悲剧的生命，那十几年在地下，却只留一夏在南来的薰风中的蝉？而当它歌唱，我们焉知那不是一种深沉的静穆？

蝉鸣浮在市声之上，蝉鸣浮在凌乱的楼宇之上，蝉鸣是风，蝉鸣是止不住的悲悯。诗诗，让我们爱这最后的、挣扎在城市里的音乐。曾有一天黄昏，诗诗，曾有一天黄昏，你的母亲走向阳明山半山的林荫里，年轻人的营地里有一个演讲会。一折入那鼓着山风的小径，她的心便被回忆夺去。十年了，小径如昔，对面观音山的霞光如昔，千林的蝉声如昔。但十年过去，十年前柔蓝的长裙不再，十年前的马尾结不再，诗诗，我该坦然，或是驻足太息。

那一年，完整的四个季节，你的母亲便住在这山上，杜鹃来潮时，女孩子的梦便对着穿户的微云绽开。那男孩总是从这条山径走来——那男孩，诗诗，曾和你母亲在小径上携手的，会和你母亲在山泉中濯足的，现在每天黄昏抱你在他的膝上，让你用白蚕似的小指头去探他的胡楂儿。

诗诗，蝉声翻腾的小径里，十年便如此飞去。诗诗，那男孩和那女孩的往事被吹在茫然的晚风里，美丽，却模糊——如同另一个山头的蝉鸣。

偶低头，一只尚未脱皮的蝉正笨拙地走向相思林，微温的泥沾在它身上，一种说不出的动人。

她，你的母亲，或者说那女孩吧——我并不知道她是谁——把它捡起。

它的背上裂着一条神秘的缝，透过那条缝，壳将死，蝉将生，诗诗，蝉怎能不是一首诗。

那天晚上，灯下的蝉静静地展示出它黑艳的身躯，诗诗，这是给你的。诗诗，蝉声恒在，但我们只能握着今岁的七月，七月的风，风中的蝉。

七月一过，蝉声便老。薰风一过，蝉便不复是蝉，你不复是你。诗诗，且让我们听长夏欢悦而惆怅的咏叹词，听这生命的神秘跫音，响自这城市中最后的凉柯。

花　担

诗诗，春天的早晨，我看见一个女人沿着通往城市的路走来。

她以一根扁担，担着两筐子花。诗诗你能不惊呼吗？满满两大筐水晶一般硬挺而透明的春花。

一筐在前，一筐在后，她便夹在两筐璀璨之间。半截青竹剖成的扁担微作弓形，似乎随时都准备要射发那两筐箭镞般的待放的春天。

淡淡的清芬随着她的脚步，一路散播过来。当农人在水田里插那些半吐的青色秧针，她便在黑柏油的路上插下恍惚的香气。诗诗，让我们爱那些香气，从春泥中酿成的香气。

当她行近，诗诗，当她的脸骤然像一幅距离太近的画贴近我时，我突然怔住了。汗水自她的额际流下，将她的土布衫子弄湿了。我忍不住自责，我只见到那些缤纷的彩色，但对她而言，那是何等的负荷，她吃力地走着，并不强壮的肩膀被压得微微倾斜。

诗诗，生命是一种怎样的负担？

当她走远，我仍立在路旁，晨露未晞，青色的潮意四面环绕着我们。诗诗，我迷惘地望着她和她，那逐渐没入市尘的模糊的花担。

她是快乐的呢？还是痛苦的呢？

诗诗，担着那样的担子是一种怎样的感觉呢？走这样的一段路又是怎样的一段路呢？想着想着，我的心再度自责，我没有资格怜悯她，我只该有敬意——对负重者的敬意。

那天早晨，当我们从路旁走开，我忽然感到那担子的重量也压在我的两肩上。所有美丽的东西似乎总是沉重的——但我们的痛苦便是我们的意义，我们的负荷便是我们的价值。诗诗，世上怎能有无重量的鲜花？人间怎能有廉价的美丽？

诗诗，且将你的小足举起，让我们沿着那女人走过的路回去。诗诗，当你的脚趾初履大地的那一天，荆棘和碎石便在前路上埋伏着了。诗诗，生命的红酒永远榨自破碎的葡萄，生命的甜汁永远来自压干的蔗茎。今年春天，诗诗，今年春天让我们试着去了解，去参透。诗诗，让我们不再祈祷自己的双肩轻松，让我们只祈祷我们挑着的是满筐满篓的美丽。

诗诗，愿今晨的意象常在我们心中，如同光热常在春阳中。

第一首诗

诗诗，冬天的黄昏，雨的垂帘让人想起江南，你坐在我的膝上，美好的宽额有如一块湿润的白玉。

于是，开始了我们的第一首诗：

床前明月光，
疑是地上霜。

举头望明月，

低头思故乡。

诗诗，简单的字，简单的旋律，只两遍，你就能上口了。你高兴地嚷着，把它当成一支新学会的歌，反复地吟诵，不满两岁的你竟能把抑扬顿挫控制得那么好。

满城的灯光像秋后的果实，一枚枚地在窗外亮了起来，我却木然地垂头，让泪水在渐沉的暮霭中纷落。

诗诗，诗诗，怎样的一首诗，我们的第一首诗。在这样凄惶的异乡黄昏，在窗外那样陌生的棕榈树下，我们开始了生命中的第一首诗，那样美好的，又那样哀伤的绝句。

八岁，来到这个岛上，在大人的书堆里搜出一本唐诗，稀里糊涂地背了好些，日子过去，结了婚，也生了孩子，才忽然了解什么是乡愁。想起那一年，被爷爷带着去散步，走着走着，天蓦地黑了，我焦急地说："爷爷，我们回家吧！"

"家？不，那不是家，那只是寓。"

"寓？"我更急了，"我们的家不是家吗？"

"不是，人只有一个家，一个老家，其他的地方都是寓。"

如果南京是寓，新生南路又是什么？

诗诗，请停止念诗吧，客中的孤馆无月也无霜。我不明白我为什么在冬日的黄昏里想起这首诗，更不明白为什么把它教给稚龄的你。诗诗，故乡是什么，你不会了解，事实上，连我也不甚了解。除了那些模糊的记忆，我只能向故籍中去体认那"三秋桂子"的故国，那"十里荷香"的故国。但于你呢？永忘不了那天你在客人面前表演完了吟诗，忽然被突来的问题弄乱了手脚。

"你的故乡在哪里？"

你急得满房子乱找，后来却又宽慰地拍着口袋说："在这里。"满堂的笑声中我却忍不住地心痛如绞。

在哪里呢？诗诗，一水之隔，一梦之隔，在哪里呢？

诗诗，当有一天，当你长大，当你浪迹天涯，在某一个月如素练的夜里，你会想起这首诗。

那时，你会低首无语，像千古以来每个读这首诗的人。那时候，你的母亲又将安在？她或许已阖上那忧伤多泪的眼，或许仍未阖上，但无论如何，她会记得，在那个宁静的冬日黄昏，她曾抱你在膝上，一起轻诵过那样凄绝的句子。

让我们念它，诗诗，让我们再念：

床前明月光，
疑是地上霜。
举头望明月，
低头思故乡。

有些女孩，吟了不该吟的诗

太过分了，这些女孩。

身为女人，居然还大刺刺地拥有才华。拥有才华倒也罢了，如果拥有的是刺绣或烹饪的本领，那还勉强说得过去。但她们居然爱吟诗且又能吟诗，这，不太过分了吗？（套句时下流行的"烂语"，也就是"太超过"了。）

其中第一个女孩名叫李冶，生在唐代。在唐朝，因为出了个靠上床取得政权的女皇帝，后来遂有人误以为这个时代的女权还不算低落。像清朝李汝珍写的《镜花缘》小说，就选择把天上的百花仙子贬落到大唐盛世的太平岁月里去。但，真相真的如此吗？

书上记载：

季兰（李冶字季兰）五六岁时，其父抱于庭，令咏蔷薇。

蔷薇似玫瑰而小，会攀爬，小女孩应口说："经时未架却，心绪乱纵横。"

不得了，这下父亲变了脸，原本的爱宠消失了，小女孩立刻遭到鄙夷。

父恚曰："必失行妇也。后竟如其言。"

李冶的诗在唐代少数女诗人中算是好的，却只因一句诗，被父亲预言为坏女人，真是情何以堪。那两句诗我姑译如下：

只因这阵子疏懒，没有好好去为花朵搭个架子，众蔷薇竟泛滥成灾，纵横满园，恰似我纷乱难整的心事。

乖女孩怎么可以告诉别人自己内心的失序和不宁！难怪李爸爸发怒了。

另外有位薛郧也是唐朝人，他的女儿薛涛八九岁了，也颇知声律。有一天，做父亲的以"井畔梧桐"为题说了两句"庭除一古桐，耸干入云中"，不料薛涛接的句子是："枝迎南北鸟，叶送往来风。"

书上所记的是"父愀然久之，后，果入乐籍"。

如果有个小男孩，吟出这样的句子，想来做父母的会说："你听，你听，这孩子性格活泼，想来以后可以做'外交部长'哦！"

但薛涛是女孩，好女孩不应该跟人说她隐秘的私愿，如果说了，她未来的命运便是堕入风尘。

明代江苏常熟的季贞一（嘿，多正经的好女人的名字），也有这样的故事：

其父老儒也，抱置膝上，令咏烛诗，应声曰："泪滴非因痛，花开岂为春。"其父推堕地，曰："非良女子也。"后果以放诞致死。

这小女孩犯下什么忌讳吗？她的诗，我为她意译如下：

小蜡烛啊
你的烛泪就这样一行行一行行地滴滴坠
坠滴滴
不是因为皮肉之灼痛
而是另有其哀愁啊
正如春日花开了
但花岂为春日而开
它自有它自己非开花不可的自行自是的
自己的理由啊

这样的诗，有什么理由不准小女孩写呢？而痛责她们的，竟是她们仰之事之的父亲啊！虽说是几百年前乃至千余年前的老故事了，不知为什么我读来总觉熟稔切近，仿佛事在眼前。

魔　季

　　蓝天打了蜡，在这样的春天。在这样的春天，小树叶儿也都上了釉彩。世界，忽然显得明朗了。

　　我沿着草坡往山上走，春草已经长得很浓了。唉，春天老是这样的，一开头，总惯于把自己藏在峭寒和细雨的后面。等真正一揭了纱，却又谦逊地为我们延来了长夏。

　　山容已经不再是去秋的清瘦了，那白绒绒的芦花海也都退潮了，相思树是墨绿的，荷叶桐是浅绿的，新生的竹子是翠绿的，刚冒尖儿的小草是黄绿的。还是那些老树的苍绿，以及藤萝植物的嫩绿，熙熙攘攘地挤满了一山。我慢慢走着，我走在绿之上，我走在绿之间，我走在绿之下，绿在我里，我在绿里。

　　阳光的酒调是很淡，却很醇，浅浅地斟在每一个杯形的小野花里。到底是一位怎样的君王要举行野宴呢？何必把每个角落都布置得这样豪华雅致呢？让走过的人都不免自觉寒酸了。

　　那片大树下的厚毡是我们坐过的，在那年春天。今天我走过的时候，它的柔软仍似当年，它的鲜绿仍似当年，甚至连织在上面的小野花也都娇美如昔。啊，春天，那甜甜的记忆又回到我的心头来了——其实不是回来，它一直存在着的！我禁不住怯怯地坐下，喜悦的潮音低低回响着。

清风在细叶间穿梭，跟着它一起穿梭的还有蝴蝶。啊，不快乐真是不合理的——在春风这样的旋律里。所有柔嫩的枝叶都邀舞了，沙沙地响起一片塔夫绸和细纱相擦的衣裙声。四月的音乐季呢！（我们有多久不闻丝竹的声音了？）宽广的音乐台上，响着甜美渺远的木箫，古典的七古弦琴，以及琼琼然的小银铃，合奏着繁复而又和谐的曲调。

我们已把窗外的世界遗忘得太久了，我们总喜欢过着四面混凝土的生活。我们久已不能像那些溪畔草地上执竿的牧羊人，以及他们仅避风雨的帐篷。我们同样也久已不能想象那些在陇亩间荷锄的庄稼人，以及他们只足容膝的茅屋。我们不知道脚心触到青草时的恬适，我们不晓得鼻腔遇到花香时的兴奋。真的，我们是怎么会疾驰得那么厉害的！

那边，清澈的山涧流着，许多浅紫、嫩黄的花瓣上下飘浮，像什么呢？我似乎曾经想画过这样一张画——只是，我为什么如此想画呢？是不是因为我的心底也正流着这样一带涧水呢？是不是由于那其中也正轻搅着一些美丽虚幻的往事和梦境呢？啊，我是怎样珍惜着这些花瓣啊，我是多么想掬起一把来作为今早的晨餐啊！

忽然，走来一个小女孩。如果不是我看过她，在这样薄雾未散尽、阳光诡谲闪烁的时分，我真要把她当作一个小精灵呢！她慢慢地走着，好一个小山居者，连步履也都出奇地舒缓了。她有一种天生的属于山野的纯朴气质，使我不能自己地想逗她说几句话。

"你怎么不上学呢？凯凯。"

"老师说，今天不上学，"她慢条斯理地说，"老师说，今天是春天，不用上学。"

啊，春天！噢！我想她说的该是春假，但这又是多么美的语误啊！春天我们该到另一所学校去念书的。去念一册册的山、一行行的水，去速记风的演讲，又数骤云的变化。真的，我们的学校少开了许多的学分，少聘了许多的教授。我们还有许多值得学习的，我们还有太多应该效法的。真的呢，春天绝不该想鸡兔同笼，春天也不该背盎格鲁—散克逊人的土语，春天更不该收集越南情势的资料卡。

春天，春天，春天来的时候我们真该学一学鸟儿，站在最高的枝柯上，抖开翅膀来，晒晒我们潮湿已久的羽毛。

那小小的红衣山居者好奇地望着我，稍微带着一些打趣的神情。

我想跟她说些话，却又不知道该讲些什么。终于没有说——我想所有我能教她的，大概春天都已经教过她了。

慢慢地，她俯下身去，探手入溪。花瓣便从她的指间闲散地流开去，她的颊边忽然漾开一种奇异的微笑，简单的、欢欣的，却又是不可捉摸的笑。我又忍不住叫了她一声——我实在仍然怀疑她是笔记小说里的青衣小童。（也许她穿旧了那袭青衣，偶然换上这件的吧！）我轻轻地摸着她头上的蝴蝶结。

"凯凯。"

"嗯？"

"你在干什么？"

"我，"她踌躇了一下，茫然地说，"我没干什么呀！"

多色的花瓣仍然在多声的涧水中淌过，在她肥肥白白的小手旁边乱旋。忽然，她把手一握，小拳头里握着几片花瓣。她高兴地站起身来，将花瓣往小红裙里一兜，便哼着不成腔的调儿走开了。

我的心像是被什么击了一下，她是谁呢？是小凯凯吗？还是春花的精灵呢？抑或，是多年前那个我自己的重现呢？在江南的那个环山的小城里，不也住过一个穿红衣服的小女孩吗？在春天的时候，她不是也爱坐在矮矮的断墙上，望着远远的蓝天而沉思吗？她不是也爱去采花吗？爬在树上，弄得满头满脸的都是乱扑扑的桃花瓣儿。等回到家，又总被母亲从衣领里抖出一大把柔柔嫩嫩的粉红。她不是也爱水吗？她不是一直梦想着要钓一尾金色的鱼吗？（可是从来不晓得要用钓钩和钓饵。）每次从学校回来，就到池边去张望那根细细的竹竿。俯下身去，什么也没有——除了那张又圆又憨的小脸。啊，那个孩子呢？那个躺在小溪边打滚，直揉得小裙子上全是草汁的孩子呢？她隐藏到什么地方去了呢？

在那边，那一带疏疏的树荫里，几只毛茸茸的小羊在啮草，较大的那只母羊很安详地躺着。我站得很远，心里想着如果能摸摸那羊毛该多么好。它们吃着、嬉戏着、笨拙地上下跳跃着。啊，春天，什么都是活泼泼的，都是喜洋洋的，都是嫩嫩的，都是茸茸的，都是叫人喜欢得不知怎么是好的。

稍往前走几步，慢慢进入一带浓烈的花香。暖融融的空气里加调上这样的花香，真是很醉人的。我走过去，在那很陡的斜坡上，不知什么人种了一株栀子花。树很矮，花却开得极璀璨，白莹莹的一片，连树叶都几乎被遮光了。像一列可以采摘的六角形星子，闪烁着清浅的眼波。这样小小的一棵树，我想，它是拼却了怎样的气力才绽出这样的一树春华呢？四下里很静，连春风都被甜得腻住了——我忽然发现自己已经站了很久，哦，我莫不是也被腻住了吧！

酢浆草软软地在地上摊开、浑朴、茂盛，那气势竟把整个山顶压住了。那种愉快的水红色，映得我的脸都不自觉地热起来了！

山下，小溪蜿蜒。从高处俯视下去，阳光的小镜子在溪面上打着明晃晃的信号，啊，春天多叫人迷惘啊！它究竟是怎么回事呢？是谁负责管理这最初的一季呢？他想来应该是一位神奇的艺术家了，当他的神笔一挥，整个地球便美妙地缩小了，缩成了一束花球，缩成一方小小的音乐匣子。他把光与色给了世界，把爱与笑给了人类。啊，春天，这样的魔季！

小溪比冬天涨高了，远远看去，那个负薪者正慢慢地涉溪而过。啊，走在春水里又是怎样的滋味呢？或许那时候会恍然以为自己是一条鱼吧？想来做一个樵夫真是很幸福的，肩上挑着的是松香，（或许还夹杂着些山花野草吧！）脚下踏的是碧色琉璃，（并且是最温软、最明媚的一种。）身上的灰布衣任山风去刺绣，脚下的破草鞋任野花去穿缀。嗯，做一个樵夫是很叫人嫉妒的。

而我，我没有溪水可涉，只有大片大片的绿罗裙一般的芳草，横生在我面前。我雀跃着，跳过青色的席梦思。山下阳光如潮，整个城市都沉浸在春里了。我遂想起我自己的那扇红门，在四月的阳光里，想必正焕发着红玛瑙的色彩吧！

他在窗前坐着，膝上放着一本布瑞克的《国际法案》，看见我便迎了过来。我几乎不能相信，我们已在一个屋顶下生活了一百多个日子。恍惚之间，我只觉得这儿仍是我们共同读书的校园。而此时，正是含着惊喜在楼梯转角处偶然相逢的一刹那。不是吗？他的目光如昔，他的声音如昔，我怎能不误认呢？尤其在这样熟悉的春天，这样富于传奇气氛的魔术季。

前庭里，榕树抽着纤细的芽儿，许多不知名的小黄花正摇曳着，像一串晶莹透明的梦。还有古雅的蕨草，也善意地沿着墙角滚着花边儿。啊，什么时候我们的前庭竟变成一列窄窄的画廊了。

我走进屋里，扭亮台灯，四下便烘起一片熟杏的颜色。夜已微凉，空气中沁着一些凄迷的幽香。我从书里翻出那朵栀子花，是早晨自山间采来的，我小心地把它夹入厚厚的大字典里。

"是什么？好香，一朵花吗？"

"可以说是一朵花吧，"我迟疑了一下，"而事实上是1965年的春天——我们所共同盼来的第一个春天。"

我感到我的手被一只大而温热的手握住，我知道，他要对我讲什么话了。

远处的鸟啼错杂地传过来，那声音纷落在我们的小屋里，四下遂幻出一种林野的幽深——春天该是很深很浓了，我想。

玉　想

只是美丽起来的石头

一向不喜欢宝石——最近却悄悄地喜欢了玉。

宝石是西方的产物，一块钻石，割成几千几百个"割切面"，光线就从那里面激射而出，挟势凌厉，美得几乎具有侵略性，使我不由得提防起来。我知道自己无法跟它的凶悍逼人相埒，不过至少可以决定"我不喜欢它"。让它在英女王的皇冠上闪烁，让它在展览会上伴以投射灯和响尾蛇（防盗用）展出，我不喜欢，总可以吧！

玉不同，玉是温柔的，早期的字书解释玉，也只说："玉，石之美者。"原来玉也只是石，是许多混沌的生命中忽然脱颖而出的那一点儿灵光。正如许多孩子在夏夜的庭院里听老人讲古，忽有一个因洪秀全的故事而兴天下之想，遂有了孙中山。又如溪畔群童，人人都看到活泼泼地逆流而上的小鱼，却有一个跌入沉思，想人处天地间，亦如此鱼，必须一身逆浪，方能有成，只此一想，便有了……

所谓伟人，其实只是在游戏场中忽有所悟的那个孩子。所谓玉，只是在时间的广场上因自在玩耍竟而得道的石头。

克拉之外

钻石是有价的，一克拉一克拉地算，像超级市场的猪肉，一块块皆有其中规中矩称出来的标价。

玉是无价的，根本就没有可以计值的单位。钻石像谋职，把学历、经历乃至成绩单上的分数一一开列出来，以便叙位核薪。玉则像爱情，一个女子能赢得多少爱情完全视对方为她着迷的程度，其间并没有太多法则可循。以撒辛格（诺贝尔奖得主）说："文学像女人，别人为什么喜欢她以及为什么不喜欢她的原因，她自己也不知道。"其实，玉当然也有其客观标准，它的硬度，它的晶莹、柔润、缜密、纯全和刻工都可以讨论，只是论玉论到最后关头，竟只剩"喜欢"两字，而喜欢是无价的，你买的不是克拉的计价而是自己珍重的心情。

不须镶嵌

钻石不能佩戴，除非经过镶嵌，镶嵌当然也是一种艺术，而玉呢？玉也可以镶嵌，不过却不免显得"多此一举"，玉是可以直接做成戒指、镯子和簪笄的。至于玉坠、玉佩，所需要的也只是一根丝绳的编结，用一段千回百绕的纠缠盘结来系住胸前或腰间的那一点儿沉实，要比金属性的、冷冷硬硬的镶嵌好吧？

不佩戴的玉也是好的，玉可以把玩，可以做小器具，可以做既可卑微地去搔痒，亦可用以象征富贵吉祥的"如意"，可做用以祀天的璧，亦可做示绝的玦。我想，做个玉匠大概比钻石割切让人兴奋快乐，玉的世界要大得多、繁富得多，玉是既入于生活也出于生活的。玉是名士美人，可以相与出尘，玉亦是柴米夫妻，可以居家过日。

生死以之

一个人活着的时候，全世界跟他一起活——但一个人死的时候，谁来陪他一起死呢？

中古世纪有出质朴简直的古剧叫"人人"（Every Man），死神找到那位名叫"人人"的主角，告诉他死期已至，不能宽贷，却准他结伴同行。人人找"美貌"，"美貌"不肯跟他去，人人找"知识"，"知识"也无意到墓穴里去相陪，人人找"亲情"，"亲情"也顾他不得……

世间万物，只有人类在死亡的时候需要陪葬品吧？其原因也无非由于怕孤寂，活人殉葬太残忍，连土俑殉葬也有些居心不忍，但死亡又是如此幽阒陌生的一条路，如果待嫁的女子需要"陪嫁"来肯定、来系连她前半生的娘家岁月，则等待远行的黄泉客何尝不需要"陪葬"来凭借、来思忆世上的年华呢？

陪葬物里最缠绵的东西或许便是玉玲蝉了，蝉色半透明，比真实的蝉为薄，向例是含在死者的口中，成为最后的、一句没有声音的语言，那句话在说：

"今天，我入土，像蝉的幼虫一样，不要悲伤，这不叫死，有一天，生命会复活、会展翅，会如夏日出土的鸣蝉……"

那究竟是生者安慰死者而塞入的一句话？抑是死者安慰生者而含着的一句话？如果那是心愿，算不算狂妄的傻愿？如果那是谎言，算不算美丽的谎言？我不知道，只知道玉玲蝉那半透明的豆青或土褐色仿佛是由生入死的薄膜，又恍惚是由死返生的符信，但生生死死的事岂是我这样的凡间女子所能参破的？且在这落雨的下午俯首凝视这枚佩在自己胸前的被烈焰般的红丝线所穿结的玉玲蝉吧！

玉　肆

我在玉肆中走，忽然看到一块像蛀木又像土块的东西，仿佛一张枯涩凝止的悲容，我驻足良久，问道：

"这是一种什么玉？多少钱？"

"你懂不懂玉？"老板的神色间颇有一种抑制过的傲慢。

"不懂。"

"不懂就不要问！我的玉只卖懂的人。"

我应该生气，应该跟他激辩一场的，但不知为什么，近年来碰到类似的场面倒宁可笑笑走开。我虽然不喜欢他的态度，但相较而言，我更不喜欢争辩，尤其痛恨学校里"奥瑞根式"的辩论比赛，一句一句逼着人追问，简直不像人类的对话，嚣张狂肆到极点。

不懂玉就不该买不该问吗？世间识货的又有几人？孔子一生，也没把自己那块美玉成功地推销出去。《水浒传》里的阮小七说："一腔热血，只要卖与识货的！"又谁又是热血的识货买主？连圣贤的光焰、好汉的热血也都难以倾销，几块玉又算什么？不懂玉就不准买玉，不懂人生的人岂不没有权利活下去了？

当然，玉肆的老板大约也不是什么坏人，只是一个除了玉的知识找不出其他可以自豪之处的人吧？

然而，这件事真的很遗憾吗？也不尽然，如果那天我碰到的是个善良的老板，他可能会为我详细解说，我可能心念一动便买下那块玉，只是，果真如此又如何呢？它会成为我的小古玩。但此刻，它是我的一点儿憾意，一段未圆的梦，一份既未开始当然也就不致结束的情缘。

隔着这许多年，如果今天玉肆的老板再问我一次是否识玉，我想我仍会回答不懂，懂太难，能疼惜宝重也就够了。何况能懂就能爱吗？在竞选中互相中伤的政敌其实不是彼此十分了解吗？当然，如果情绪高昂，我也许会塞给他一张从《说文解字》中抄下来的纸条：

玉，石之美者，有五德润泽以温，仁之方也；鰓理自外，可以知中，义之方也；其声舒扬，专以远闻，智之方也；不挠而折，勇之方也；锐廉而不忮，洁之方也。

然而，对爱玉的人而言，连那一番大声锵锵的理由也是多余的。爱玉这件事几乎可以单纯到不知不识而只是一团简简单单的欢喜。像婴儿喜欢清风拂面的感觉，是不必先研究气流风向的。

瑕

付钱的时候，小贩又重复了一次：

"我卖你这玛瑙，再便宜不过了。"

我笑笑，没说话，他以为我不信，又加上一句：

"真的——不过这么便宜也有个缘故，你猜为什么？"

"我知道，它有斑点。"本来不想提的，被他一逼，只好说了，免得他一直啰唆。

"哎呀，原来你看出来了，玉石这种东西有斑点就差了，这串项链如果没有瑕疵，哇，那价钱就不得了啦！"

我取了项链，尽快走开。有些话，我只愿意在无人处小心地、断断续续地、有一搭没一搭地说给自己听：

对于这串有斑点的玛瑙，我怎么可能看不出来呢？它的斑痕如此清清楚楚。然而买这样一串项链是出于一个女子小小的侠气吧，凭什么要说有斑点的东西不好？水晶里不是有一种叫"发晶"的种类吗？虎有纹，豹有斑，有谁嫌弃过它的皮毛不够纯色？

就算退一步说，把这斑纹算瑕疵，此间能把瑕疵如此坦然相呈的人也不多吧？凡是可以坦然相见的缺点就不该算缺点的，纯全完美的东西是神器，可供膜拜。但站在一个女人的观点来看，男人和孩子之所以可爱，正是由于他们那些一清二楚的、无所掩饰的小缺点吧？就连一个人对自己本身的接纳和纵容，不也是看准了自己的种种小毛病而一笑置之吗？

所有的无瑕是一样的——因为全是百分之百的纯洁透明，但瑕疵斑点却面目各自不同。有的斑痕像藓苔数点，有的是砂岸迤逦，有的是孤云独去，更有的是铁索横江，玩味起来，反而令人忻然心喜。想起平生好友，也是如此，如果不能知道一两件对方的糗事，不能知道一两件可笑、可嘲、可詈、可骂之事彼此打趣，友谊恐怕也会变得空洞吧？

有时独坐细味"瑕"字，也觉悠然意远，"瑕"字左边是"玉"字，是先有玉才有瑕的啊！正如先有美人而后才有"美人痣"，先有英雄，而后有悲剧英雄的缺陷性格（Tragic Flaw）。缺憾必须依附于完美，独存的缺憾岂有美丽可言，天残地阙，是因为天地都如此美好，才容得修地补天的改造和涂痕。一个"坏孩子"之所以可爱，不也正因为他在撒娇、撒赖、蛮不讲理之处，有属于一个孩童近乎神明的纯洁了直吗？

"瑕"字右边是"叚"，有赤红色的意思，瑕的解释是"玉小赤"，我喜欢瑕字的声音，自有一种坦然的不遮不掩的亮烈。

完美是难以冀求的，那么，在现实的人生里，请给我有瑕的真玉，而不是无瑕的伪玉。

唯 一

据说，世间没有两块相同的玉——我相信，雕玉的人岂肯去重复别人的创制。

所以，属于我的这一块，无论贵贱精粗都是天地间独一无二的。我因而疼爱它，珍惜这一场缘分，世上好玉千万，我却恰好遇见这块，世上爱玉人亦有万千，它却偏偏遇见我，但我们之间的聚会，也只是五十年吧？上一个佩玉的人是谁呢？有些事是既不能去想更不能嫉妒的，只能安安分分珍惜这匆匆的相属相连的岁月。

活

佩玉的人总相信玉是活的，他们说："玉要戴，戴戴就活起来了哩！"这样的话是真的吗？抑或只是传说臆想？

我不知道自己能不能把一块玉戴活，这是需要时间才能证明的事，也许几十年的肌肤相亲，真可以使玉重新有血脉和呼吸。但如果奇迹是可祈求的，我愿意首先活过来的是我，我的清洁质地，我的致密坚实，我的莹秀温润，我的斐然纹理，我的清声远扬。如果玉可以因人的佩戴而复活，也让人因佩戴而复活吧！让每一时每一刻的我莹彩暖暖，如冬日清晨的半窗阳光。

石器时代的怀古

把人和玉、玉和人交织成一的神话是《红楼梦》，它也叫《石头记》，在补天的石头群里，主角是那三万六千五百零一块中多出的一块，天长日久，竟成了通灵宝玉，注定要来人间历经一场情劫。他的对方则是那似曾相识的绛珠仙草。那玉，是男子的象征，是对于整个石器时代的怀古。那草，是女子的表记，是对莽莽榛榛洪荒森林的思忆。

静安先生释《红楼梦》中的玉，说"玉"即"欲"，大约也不算错吧？《红楼梦》中含玉字的名字总有其不凡的主人，像宝玉、黛玉、妙玉、红玉，都各自有他们不同的人生欲求。只是那欲似乎可以解作英文里的"want"，是一种不安、一种需索，是不知所从的缠绵，是最快乐之时的凄凉，最完满之际的缺憾，是自己也不明白所以的惝惘，是想挽住整个春光、留下所有桃花的贪心，是大彻大悟与大栈恋之间的摆荡。

神话世界每是既富丽而又高寒的，所以神话人物总要找一件道具或伴当相从，设若龙不吐珠，嫦娥没有玉兔，李聃失了青牛，果老走了肯让人倒骑的驴，或是麻姑少了仙桃，孙悟空缴回金箍棒，那神话人物真不知如何施展身手了——贾宝玉如果没有那块玉，也只能做美国童话《绿野仙踪》里的"无心人"奥迪斯。

"人非木石，孰能无情"，说这话的人只看到事情的表象，木石世界的深情大义又岂是我们凡人所能尽知的。

玉　楼

　　如果你想知道钻石，世上有宝石学校可读，有证书可以证明你的鉴定力。但如果你想知道玉，且安安静静地做自己，并且到肤发的温润、关节的玲珑、眼目的光澈、意志的凝聚、言笑的晴朗中去认知玉吧！玉即是我，所谓文明其实亦即由石入玉的历程，亦即由血肉之躯成为"人"的史页。

　　道家以目为"银海"，以肩为玉楼，想来仙家玉楼连云，也不及人间一肩可担道义的肩胛骨为贵吧？爱玉至极，恐怕也只是返身自重吧？

咱们小人物要多多说话

"狠狗不叫，叫狗不狠"，这条"狗之定律"对人类而言也完全适用。

可叵少年时期就曾经一再斟酌，到底我这辈子是该做"光咬不叫的狠狗"呢？还是"光叫不咬的虚张声势的狗"呢？这件事既是大事，宜乎仔细观察，慢慢决定。

可叵到大公司里去看，小职员毕恭毕敬："报告董事长，关于上一次货柜的事件，为了避免以后发生同样的问题，我们业务组已经研究了一个方案……"董事长用鼻子回答一声："嗯。"

可叵又到某某家庭去看，只见李大毛正委委屈屈地陈情："橡皮和铅笔都涨价了，玻璃弹珠也涨了，王小华和张阿花的零用钱也加了，全班就剩我的零用钱最少了，妈妈说，如果你同意，她下个礼拜就把我的五块钱改成十块钱……"做爸爸的从烟圈和报纸之间丢下一句："唔。"

可叵于是恍然大悟，原来做大人物的人只须会说"唔"或"嗯"就够了。看来"大人物"这种行业是蛮容易当的。

尤其奇怪的是，除了说话，在文字方面，大人物也倾向低能。

小人物洋洋洒洒地写了上万字的陈情书，大人物只须回一个"可"或"不可"（大人物如果学问大些，知道"不可"可以简写为"叵"，那就更省事了），而"可"与"不可"，都是小学一年级就会写的字，我有点儿怀疑大人物是因为功课不好才去当大人物的。

除此之外，可叵也效法伏羲，去观察鸟兽之道，才发现道理竟也相同。原来老鹰是不爱说话的，说话的是些叽叽喳喳的小八哥。而狮子呢，只会"呜"的一声，吼完了事，猫咪却"咪咪喵喵"地唠叨个没完。

两相比较之下，当然是做大人物为好，既简单又利落，不会说话、不会写字都不妨事。可是，说来悲哀，所谓万事不由人，正在可叵决定要做大人物的时候，才猛然在镜子里看到自家额头上早经上帝打好了"小人物"的"正字标记"了。

好在可叵当年研究此事之际，对于小人物要如何生存之道早已十分了然于胸。朱元璋一旦获知自己是"真命天子"时，未必知道该如何做真命天子，可叵获知自己是"真命小人物"之后，倒非常驾轻就熟，做得有模有样。

而咱们小人物的第一要件，就是要不停地说话。大象不说话，谁都会看见它在那里，但秋虫呢，当然就应该"唧唧复唧唧"啦！否则谁知道世界上有一个你呢！

有人颇不能想通可叵为什么以"中学生的三分头"为己任，唉，答案很简单，如果可叵是大人物，能"点一头而全天下之发"，你想我还会"叽叽咕咕"地说个没完没了吗？

说吧，说吧，凡我小人物，大家务要多做发声运动，以免牙齿生苔，既可增进自我身心健康，又可帮助大人物，免得他们连"嗯"和"唔"怎样说，或"可"和"不可"怎么写都忘了。

小人物啊，勉哉斯言！

秋千上的女子

楔　子

我在备课——这样说有点儿吓人，仿佛有多模范似的，其实也不是，只是把秦少游的词在上课前多看两眼而已。我一向觉得少游词最适合年轻人读；淡淡的哀伤，怅怅的低喟，不需要什么理由就愁起来的愁，或者未经规划便已深深坠入的情劫……

"秋千外，绿水桥平。"

啊，秋千，学生到底懂不懂什么叫秋千？他们一定自以为懂，但我知道他们不懂，要怎样才能让学生明白古代秋千的感觉。

这时候，电话响了，索稿的——紧接着，另一通电话又响了，是有关淡江大学"女性书写"研讨会的，再接着是东吴校庆筹备组规定要即交散文一篇，似乎该写点儿"话当年"的情节，催稿人是我的学生张曼娟，使我这犯规的老师惶惶无词……

然后，糟了，由于三案并发，我竟把这几件事想混了，秋千，女性主义，东吴读书，少年岁月，粘黏为一，撕扯不开……

汉族，是个奇怪的族类，他们不但不太擅长唱歌或跳舞，就连玩，好像也不太会。许多游戏，都是西边或北边传来的——也真亏我们有这些邻居，我们因这些邻居而有了更丰富多样的水果、嘈杂凄切的乐器、吞剑吐火的幻术……以及哎，秋千。

在台湾，每个小学，都设有秋千架吧？大家小时候都玩过它吧？

但诗词里"秋千"却是另外一种，它们的原籍是"山戎"，据说是齐桓公征伐山戎的时候顺便带回来的。想到齐桓公，不免精神为之一振，原来这小玩意儿来中国的时候正当先秦诸子的黄金年代。

而且，说巧不巧的，正是孔老夫子的年代。孔子没提过秋千，孟子也没有。但孟子说过一句话："咱们儒家的人，才不去提他什么齐桓公晋文公之流的家伙。"

既然瞧不起齐桓公，大概也就瞧不他征伐胜利后带回中土的怪物秋千了！

但这山戎身居何处呢？山戎在春秋时代住在河北省的东北方，现在叫作迁安的一个地方。这地方如今当然早已是长城里面的版图了，它位在山海关和喜峰口之间，和避暑胜地北戴河同纬度。

而山戎又是谁呢？据说便是后来的匈奴，更后来叫胡，似乎也可以说，就是以蒙古为主的北方异族。汉人不怎么有兴趣研究胡人家世，叙事起来不免草草了事。

有机会我真想去迁安走走，看看那秋千的发祥地是否有极高大夺目的漂亮秋千，而那里的人是否身手矫健，可以把秋千荡得特别高，特别恣纵矫健——但恐怕也未必，胡人向来决不"安于一地"，他们想来早已离开迁安，"迁安"两字顾名思义，是鼓励移民的意思，此地大概早已塞满无往不在的汉人移民。

哎，我不禁怀念古秋千的风情起来了。

《荆楚岁时记》上说："秋千，本北方山戎之戏，以习轻趫，后中国女子学之，楚俗亦谓之施钩，《涅槃经》谓之罥索。"

《开元天宝遗事》则谓："天宝宫中，至寒食节，竞竖秋千，令官嫔辈，戏笑以为宴乐，帝呼为半仙之戏，都市士民因而呼之。"

《事物纪原》也引《古今艺术图》谓："北方戎狄爱习轻趫之态，每至寒食为之，后中国女子学之，乃以条绳悬树之架，谓之秋千。"

这样看来，秋千，是季节性的游戏，在一年最美丽的季节——暮春寒食节（也就是我们的春假日）——举行。

试想在北方苦寒之地，忽有一天，春风乍至，花鸟争喧，年轻的心一时如空气中的浮丝游絮飘飘扬扬，不知所止。

于是，他们想出了这种游戏，这种把自己悬吊在半空中来进行摆荡的游戏，这种游戏纯粹呼应春天来时那种摆荡的心情。当然也许和丛林生活的回忆有关。打秋千多少有点儿像泰山玩藤吧？

然而，不知为什么，事情传到中国，打秋千竟成为女子的专利。并没有哪一条法令禁止中国男士玩秋千，但在诗词中看来，打秋千的竟全是女孩。

也许因为初传来时只有宫中流行，宫中男子人人自重，所以只让宫女去玩，玩久了，这种动作竟变成是女性世界里的女性动作了。

宋明之际，礼教的势力无远弗届，汉人的女子，裹着小小的脚，蹭蹬在深深闺阁里，似乎只有春天的秋千游戏，可以把她们荡到半空中，让她们的目光越过自家修筑的铜墙铁壁，而望向远方。

那年代男儿志在四方，他们远戍边荒，或者，至少也像司马相如，走出多山多岭的蜀郡，在通往长安的大桥桥柱上题下：

不乘高车驷马，不过汝下也。

然而女子，女子只有深深的闺阁，深深深深的闺阁，没有长安等着她们去取功名，没有拜将台等着她们去封诰，甚至没有让严子陵归隐的"登云钓月"的钓矶等着她们去度闲散的岁月（"登云钓月"是苏东坡题在一块大石头上的字，位置在浙江富阳，近杭州，相传那里便是严子陵钓滩）。

我的学生，他们真的会懂秋千吗？她们必须先明白身为女子便等于"坐女监"，所不同的是有些监狱窄小湫隘，有些监狱华美典雅。而秋千却给了她们合法的越狱权，他们于是看到远方，也许不是太远的远方，但毕竟是狱门以外的世界。

秦少游那句"秋千外，绿水桥平"，是从一个女子眼中看春天的世界。秋千让她把自己提高了一点点，秋千荡出去，她于是看见了春水。春水明艳，如软琉璃，而且因为春冰乍融，水位也提高了，那女子看见什么？她看见了水的颜色和水的位置，原来水位已经平到桥面去了！

墙内当然也有春天，但墙外的春天却更奔腾恣纵啊！那春水，是一路要流到天涯去的水啊！

只是一瞥，另在秋千荡高去的那一刹，世界便迎面而来。也许视线只不过以两公里为半径，向四面八方扩充了一点点，然而那一点是多么令人难忘啊！人类的视野不就是那样一点点地拓宽吗？女子在那如电光石火的刹那窥见了世界和春天。而那时候，随风鼓胀的，又岂止是她绣花的裙摆呢？

众诗人中似乎韩偓是最刻意描述美好的"秋千经验"的，他的秋千一诗是这样写的：

池塘夜歇清明雨，
绕院无尘近花坞。

五丝绳系出墙迟，

力尽才瞬见邻圃。

下来娇喘未能调，

斜倚朱阑久无语。

无语兼动所思愁，

转眼看天一长吐。

其中形容女子打完秋千"斜倚朱阑久无语"、"无语兼动所思愁"颇耐人寻味。"远方"，也许是治不愈的痼疾，"远方"总是牵动"更远的远方"。诗中的女子用极大的力气把秋千荡得极高，却仅仅只见到邻家的园——然而，她开始无语哀伤，因为她竟因而牵动了"乡愁"——为她所不曾见过的"他乡"所兴起的乡愁。

韦庄的诗也爱提秋千，下面两句景象极华美：

紫陌乱嘶红叱拨，（红叱拨是马名）
绿杨高映画秋千。（《长安清明》）

好似隔帘花影动，
女郎撩乱送秋千。（《寒食城外醉吟》）

第一例里短短十四字便有四个跟色彩有关的字，血色名马骄嘶而过，绿杨丛中有精工绘画的秋千……

第二例却以男子的感受为主，诗词中的男子似乎常遭秋千"骚扰"，秋千给了女子"一点点坏之必要"（这句型，当然是从痖弦诗里偷来的），荡秋千的女子常会把男子吓一跳，她是如此临风招展，却又完全"不违礼俗"。她的红裙在空中画着美丽的弧，那红色真是既好又险，她的笑容晏晏，介乎天真和诱惑之间，她在低空处飞来飞去，令男子不知所措。

张先的词：

那堪更被明月，隔墙送过秋千影。

说的是一个被邻家女子深夜荡秋千所折磨的男子。那女孩的身影被明月送过来，又收回去，再送过来，再收回去……

似乎女子每多一分自由，男子就多一分苦恼。

写这种情感最有趣的应该是东坡的词：

墙里秋千墙外道，墙外行人，墙里佳人笑。笑渐不闻声渐消，多情却被无情恼。

由于自己多情便嗔怪女子无情，其实也没什么道理。荡秋千的女子和众女伴嬉笑而去，才不管墙外有没有痴情人在痴立。使她们愉悦的是春天，是身体在高下之间摆荡的快意，而不是男人。

韩偓的另一首诗提到的"秋千感情"，又更复杂一些：

想得那人垂手立，娇羞不肯上秋千。

似乎那女子已经看出来，在某处，也许在隔壁，也许在大路上，有一双眼睛，正定定地等着她，她于是僵在那里，甚至不肯上秋千，并不是喜欢那人，也不算讨厌那人，只是不愿那人得逞，仿佛多称他的心似的。

众诗词中最曲折的心意，也许是吴文英的那句：

黄蜂频扑秋千索，有当时，纤手香凝。

由于看到秋千的丝绳上，有黄蜂飞扑，他便解释为荡秋千的女子当时手上的香已在一握之间凝聚不散，害黄蜂以为那绳索是一种可供采蜜的花。

啊，那女子到哪里去了呢？在手指的香味还未消失之前，她竟已不知去向。

——啊！跟秋千有关的女子是如此挥洒自如，仿佛云中仙鹤不受网弋，又似月里桂影，不容攀折。

然而，对我这样一个成长于二十世纪中期的女子，读书和求知才是我的秋千吧？握着柔韧的丝绳，借着这短短的半径，把自己大胆地抛掷出去。于是，便看到墙外美丽的清景；也许是远岫含烟，也许是新秧翻绿，也许雕鞍上有人正起程，也许江水带来归帆……世界是如此富艳难踪，而我是那个在一瞥间得以窥伺大千的人。

"窥"字其实是个好字，孔门弟子不也以为他们只能在墙缝里偷看一眼夫子的深厚吗？是啊，是啊，人生在世，但让我得窥一角奥义，我已知足，我已知恩。

我把从《三才图会》上影印下来的秋千图戏剪贴好，准备做成投影片给学生看，但心里却一直不放心，他们真的会懂吗？真的会懂吗？

曾经在远古的年代，在初暖的薰风中，有一双足悄悄踏上板架，有一双手，怯怯握住丝绳，有一颗心，突地向半空中荡起，荡起，随着花香，随着鸟鸣，随着迷途的蜂蝶，一起去探询春天的资讯。

尘　缘

1

大约两岁吧，那时的我。父亲中午回家吃完饭，又要匆匆赶回办公室去。我不依，抓住他宽宽的军腰带不让他系上，说："你系上这个就是要走了，我不要！"我抱住他的腿不让他走。

那个年代的军人军纪如山，父亲觉得迟到之罪近乎通敌。他一把抢回了腰带，还打了我——这事我当然不记得了，是父亲自己事后多次提起，我才印象深刻。父亲每提及此事，总露出一副深悔的样子。我有时想，挨那一顿打也真划得来啊，父亲因而将此事记了一辈子，悔了一辈子。

"后来，我就舍不得打你了。就那一次。"他说。

那时，两岁的我不想和父亲分别。半个世纪之后，我依然耍赖，依然想抓住什么留住父亲，依然对上帝说：

"把爸爸留给我吧！留给我吧！"

然而上帝没有允许我的强留。

当年小小的我不知道自己为什么留不住爸爸，半个世纪后，我仍然不明白父亲为什么非走不可。当年的我知道他系上腰带就会走，现在的我知道他不思饮食、记忆涣散便也是要走。然而，我却一无长策，眼睁睁看着老迈的他杳然而逝。

2

记忆中，父亲总是带我去田间散步，教我阅读名叫"自然"的这部书。他指给我看螳螂的卵，他带回被寄生蜂下过蛋的蛹。后来有一次，我和五阿姨去散步，三岁的我偏头问阿姨道：

"你看，菜叶子上都是洞，是怎么来的？"

"虫吃的。"阿姨当时是大学生。

"那虫在哪里？"

阿姨答不上来，我拍手大乐。

"哼，虫变成蛾子飞跑了，你都不知道！"

我对生物的最初惊艳，来自父亲，我为此感激终生。

然而父亲自己蜕化而去的时候，我却痛哭不已。他化蝶远扬，我却总不能相信这种事竟然发生了，那么英武而强壮的父亲，谁把他偷走了？

3

父亲九十一岁那年，我带他回故乡。距离他上一次回乡，隔了五十九年。

"你不是'带'爸爸回去，是'陪'爸爸回去。"我的朋友纠正我。

"可是，我的情况是真的需要'带'他回去。"

我们用轮椅把他推上飞机，推入旅馆，推进火车。火车离开南京城后不久，就到了滁县。我起先吓了一跳，"滁州"这个地方好像应该好好待在欧阳修的《醉翁亭记》里，怎么真的有个滁州在这里。我一路问父亲，现在是哪一站了，他一一说给我听，我问他下一站的站名，他也能回答上来。奇怪，平日颠三倒四的父亲，连刚吃过午饭都会旋即忘了又要求母亲开饭，怎么一到了滁州城附近就如此凡事历历分明起来？

"姑母在哪里？"

"褚兰。"

"外婆呢？"

"宝光寺。"

其他亲戚的居处他也都了如指掌，这是他魂牵梦绕的所在吧？

年轻时的父亲在徐州城里念师范，每次放假回家，便帮忙做农活儿。想到这里，我心下有了一份踏实，觉得在茫茫大地上，有某一块田是父亲亲手料理过的，我因而觉得一份甜蜜安详。

父亲回乡，许多杂务都是一位叫安营的表哥打点的，包括租车和食宿的安排。安营表哥的名字很特别，据说那年有军队过境，在村边安营，表哥就叫了这个名字。

"这位是谁，你认识吗？"我问父亲。

"不认识。"

"他就是安营呀！"

"安营？"父亲茫然，"安营怎么这么大了？"

这组简单的对话，一天要说上好几次，然而父亲总是不能承认面前此人就是安营。上一次，父亲回家见他，他才一岁，而今他已是儿孙满堂的 60 岁老人了。去家离乡五十九年，父亲的迷糊我不忍心用"老年痴呆"来解释。两天前我在飞机上见父亲读英文报，便指些单词问他："这是什么？"

"西藏。"

"这个呢？"

"以色列。"

我惊讶于他一一回答正确，奇怪啊，父亲到底记得什么，又到底不记得什么呢？

我们到田塍边拜谒祖父母的坟，爸爸忽然说：

"我们回家去吧！"

"家？家在哪里？"我故意问他。

"家，家在屏东呀！"

我一惊，这一生不忘老家的人其实是以屏东为家的。屏东，那永恒的阳光的城垣。

家族中走出一位老妇人，是父亲的二堂姊，是所有家人中最老的，九十三岁了，腰杆儿笔直，小脚走得踏实快速。她看了父亲一眼，用乡下人简单而大声的语言宣布：

"他迁了！"

乡人说的"迁"，就是"老年痴呆"的意思。我的眼泪立刻涌出来，我一直刻意闪避的字眼儿，这老妇人竟直截了当地道了出来，如此清晰而残忍。

我开始明白"父母在"和"父母健在"是不同的，但我仍依恋不舍。

4

父亲过南京时，有老友陈颐鼎将军来访。陈伯伯和父亲是同乡，交情素厚，但我告诉他陈伯伯在楼下，正要上来，他却勃然色变，说：

"干吗要见他？"

陈伯伯曾到过台湾，训练过一批新兵，那是 1946 年。这批新兵训练得还不太好就上战场了，结果吃了败仗，便成了台籍滞留大陆的老兵。

"我一辈子都不见。"父亲一脸执拗。

他不明白这话不合时宜了。

陈伯伯进来，我很紧张。陈伯伯一时激动万分，紧握爸爸的手热泪直流。爸爸却淡淡的，总算没赶人家出去。

"陈伯伯和我爸爸当年的事，可以说一件给我听听吗？"事后我问陈伯母。

"有一次打仗，晚上也打，不能睡，又下雨，他们两个人困极了，就穿着雨衣，背靠背地站着打盹儿。"

我又去问陈伯伯："我爸爸，你对他印象最深的是什么？"

"他上进。他起先当'学兵'，看人家黄埔出身，他就也去考黄埔。等从黄埔出来，他想想，觉得学历还不够好，又去读陆军大学，然后，又去美国……"

陈伯伯军阶一直比父亲稍高，但我看到的他只是个慈祥的老人，喃喃地说些六十年前的事情。

1949 年，爸爸是最后一批离开重庆的人。

"我会守到最后5分钟。"他对母亲说。那时我们在广州，正要上船。他们两人把一对日本鲨鱼皮鞘的军刀各拿了一把，那算是家中比较值钱的东西，是受降时分得的战利品。

"但愿人长久，千里共婵娟。"

战争中每次分手，爸爸都写这句话给妈妈。那个时代的人仿佛活在电影情节里，每天都是生离死别。

后来父亲遇见了一个旧日部属，那部属在战争结束后改行卖纸烟。他给了父亲几条烟，又给了他一张假身份证，把姓名"张家闲"改成"章佳贤"，且缝了一只土灰布的大口袋做烟袋，父亲就从少将军官变成了烟贩子。背上袋子，他便直奔山区而去，以后取道老挝，转香港飞到台湾，这一周折，使他多花了一年多时间才和家人重逢。

爸爸从来没跟我们提过他被俘和逃亡的艰辛，许多年以后，母亲才陆续透露几句。但那些恐惧在他晚年时却一度再现。有一天妈妈外出回来，他说：

"刚才你不在，有人来跟我收钱。"

"收什么钱？"

"他说我是甲级战俘，要收100块钱，乙级的收50块。"

妈妈知道他把现实和梦境搞混了，便说：

"你给他了没有？"

"没有。我告诉他我身上没钱，我太太出去了，等下我太太回来你跟她收好了。"

那是他的梦魇，四十多年不能抹去的梦魇。奇怪的是，梦魇化解的方法倒也十分简单，只要说一句"你去找我太太收"就可以了。

5

幼小的时候，父亲不断告别我们，及至我十七岁读大学，便是我告别他了。我现在才知道，虽然我们共度了半个世纪，我们仍算父女缘薄！这些年，我每次回屏东看他，他总说："你是有演讲，顺便回来的吗？"

我总"嗯哼"一声带过去。我心里想说的是，爸爸啊，我不是因为要演讲才顺便来看你的，我是因为要看你才顺便答应演讲的啊！然而我不能说，他只容我"顺便"看他，他不要我为他担心。

有一年中秋节，母亲去马来西亚探望妹妹，父亲一人在家，我不放心，特意南下去陪他。他站在玄关处骂起我来："跟你说不用回来，你怎么又跑回来了？回去的车票买不到怎么办？叫你别回来，不听！"

我有点儿不知所措，中秋节，我丢下丈夫、孩子来陪他，他反而骂我。但愣了几秒钟后，我忽然明白了，这个铮铮的北方汉子，他受不了柔情，他不能忍受让自己接受爱宠，他只好骂我。于是我笑笑，不理他，且去动手做菜。

父亲对母亲也少见浪漫镜头，但有一次，他把我叫到一边，说："你们姐妹也太不懂事了！你妈快七十岁的人了，她每次去台北，你们就这个要五包凉面，那个要一只盐水鸭，她哪里提得动？"

母亲比父亲小十一岁，我们一直都觉得她是年轻的那一个，我们忘记了她也在老。又由于想念屏东眷村老家，每次就想要点儿美食来解乡愁，只有父亲看到母亲已不堪提携重物。

由于父亲是军人，而我们子女都不是，没有人知道他在他那行算怎样一个人物。连他得过的两枚云麾勋章，我们也弄不清楚相当于多大的战绩。但我读大学时，有一次站在公交车上，听几个坐在我前面的军人谈论陆军步兵学校的事，不觉留意。父亲曾任步兵学校的教育长、副校长，有一阵子还代理校长。我听他们说着说着就提到父亲，我的心跳起来，不知他们会说出什么话来。

只听一个说："他这人是个好人。"

又一个说："学问也好。"

我心中一时激动不已，能在他人口中认识自己父亲的好，真是幸运。

又有一次，我和丈夫、孩子到鹭鸶潭去玩，晚上便宿在山间。山中有几间茅屋，是一些老兵盖来做生意的，我把身份证拿去登记，老兵便叫了起来："呀，你是张家闲的女儿。副校长是我们的老长官了，副校长道德学问都好。这房钱，不能收了。"

我当然也不想占几个老兵的便宜，几经推让，打了折扣收钱。其实他们不知道，我真正受惠的不是那一点儿折扣，而是从别人眼中看到的父亲正直崇高的形象。

6

八十九岁，父亲做白内障手术，打了麻药还没有推入手术室，我找些话跟他说，免得他太快睡着。

"爸爸，杜甫，你知道吗？"

"知道。"

"杜甫的诗你知道吗？"

"杜甫的诗那么多，你说哪一首啊？"

"《兵车行》，'车辚辚'下面是什么？"

"马萧萧。"

"再下面呢？"

"行人弓箭各在腰。爷娘妻子走相送，尘埃不见咸阳桥。牵衣顿足拦道哭，哭声直上干云霄……"

我的泪直滚滚地落下来，不知为什么，透过一千多年前的语言，我们反而狭路相遇。

人间的悲伤，无非是生离和死别，战争是生离和死别的原因，但衰老也是啊！父亲垂老，两目视茫茫，然而，他仍记得那首哀伤的唐诗。父亲一生参与了不少战争，而与衰老的战争却是最艰辛难支的吧？

我开始和父亲平起平坐谈诗，是在初中阶段。父亲一时显得惊喜万分，对于女儿大到可以跟他谈诗的事几乎不能相信。在那段清贫的日子里，谈诗是有实质好处的，母亲每在此时会烙一张面糊饼，切一碟卤豆干，有时甚至还有一瓶黑松汽水。我一面吃喝，一面纵论，也只有父亲容得下我当时的胡言吧？

父亲对诗也不算有什么深入研究，他只是熟读《唐诗三百首》而已。我小时常见他看的那本，扉页已经泛黄，上面还有他手批的文字。成年后，我忍不住偷来藏着，那是他 1941 年 6 月在浙江金华买的，封面用牛皮纸包好。有一天，我忽然想换掉那老旧的包书纸，不料打开一看，才发现原来这张牛皮纸是一个公文袋，那公文袋是从"国防部"寄出的，寄给"联勤总部"副官处处长，那是父亲在南京时的官职，算来是 1946 年、1947 年的事了。前人惜物的真情比如今任何环保宣言都更实在。父亲走后，我在那层牛皮纸外又包了一层白纸，我只能在千古诗情里去寻觅我遍寻不获的父亲。

父亲去时是清晨五时半，终于，所有的管子都被拔掉了。九十四岁，父亲的脸重归安谧祥和。我把加护病房的窗帘拉开，初日正从灰红的朝霞中腾起，穆穆皇皇，无限庄严。

我有一袋贝壳，是以前旅游时陆续捡的。有一天整理东西，忽然想到它们原是属于海洋的，它们已经暂时陪我一段时光了，一切尘缘总有个了结，于是决定把它们一一放回大海。

而我的父亲呢？父亲也被归回到什么地方去了吗？那曾经剑眉星目的英武男子，如今安在？我所挽留不住的，只能任由永恒取回。而我，我是那因为一度拥有贝壳而聆听了整个海潮音的小孩。

你真好，你就像我少年伊辰

　　她坐在淡金色的阳光里，面前堆着的则是一堆浓金色的柑仔。是那种我最喜欢的圆紧饱甜的"草山桶柑"。而卖柑者向来好像都是些老妇人，老妇人又一向都有张风干橘子似的脸。这样一来，真让人觉得她和柑仔有点儿什么血缘关系似的。其实卖番薯的老人往往有点儿像番薯，卖花的小女孩不免有点儿像花蕾。

　　那是一条僻静的山径，我停车，蹲在路边，跟她买了十斤柑仔。

　　找完了钱，看我把柑仔放好，她朝我甜蜜温婉地笑了起来——连她的笑也有蜜柑的味道——她说："啊，你这查某（闽南语，指女人）真好，我知，我看就知——"

　　我微笑，没说话，生意人对顾客总有好话说，可是她仍抓住话题不放：

　　"你真好，你就像我少年伊辰（闽南语，指那时候）一样——"

　　我一面赶紧谦称"没有啦"，一面心里暗暗好笑起来——奇怪啊，她和我，到底有什么是一样的呢？我在大学的讲堂上教书，我出席国际学术会议，我驾着车在山径御风独行。在台湾、在香港、在北京，我经过海关关口，关员总会抬起头来说："啊，你就是张晓风？"而她只是一个老妇人，坐在路边，卖她今晨刚摘下来的柑仔。她却说，她和我是一样的，她说得那样安详笃定，令我不得不相信。

转过一个峰口，我把车停下来，望着层层山峦，慢慢反刍她的话。那袋柑仔个个沉实柔腻，我取了一个掂了掂。柑仔这东西，连摸在手里都有极好的感觉，仿佛它是一枚小型的、液态的太阳，可食、可触、可观、可嗅。

不，我想，那老妇人，她不是说我们一样，她是说，我很好，好到像她生命中最光华的那段时间一样。不管我们的社会地位有多大落差，在我们共同对着这一堆金色柑仔的时候，她看出来了，她轻易地就看出来了，我们的生命基本上是相同的。我们是不同的歌手，却重复着生命本身相同的好旋律。

少年时的她是怎样的？想来也是个有着一身精力，上得山下得海的女子吧？她背后山坡上的那片柑仔园，是她一寸寸拓出来的吧？那些柑仔树，年年把柑仔像喷泉一样从地心挥洒出来，也是她当日一棵棵栽下去的吧？满屋子活蹦乱跳的小孩，无疑也是她一手乳养长大的吧？她想必有着满满实实的一生。而此刻，在冬日山径的阳光下，她望见盛年的我向她走来购买一袋柑仔，她却像卖给我她长长的一生，她和一整座山的龃龉和谅解，她的伤痕和她的结痂。但她没有说，她只是温和地笑。她只是相信，山径上总有女子走过——跟她少年时一样好的女子，那女子也会走出沉沉实实的一生。

我把柑仔掰开，把金船似的小瓣食了下去。柑仔甜而饱汁，我仿佛把老妇的赞许一同咽下。我从山径的童话中走过，我从烟岚的奇遇中走过，我知道自己是个好女人——好到让一个老妇想起她的少年，好到让人想起汗水，想起困厄，想起歌，想起收获，想起喧闹而安静的一生。

东邻的竹和西邻的壁

午夜，我去后廊收衣。

如同农人收他的稻子，如同渔人收他的网，我收衣服的时候，也是喜悦的，衣服溢出日晒后干爽的清香，使我觉得，明天，或后天，会有一个爽净的我，被填入这些爽净的衣衫中。

忽然，我看到西邻高约十五米的整面墙壁上有一幅画。不，不是画，是一幅投影。我不禁咋舌，真是一幅大立轴啊！

大画，我是看过的，大千先生画荷，用全开的大纸并排连作，恍如一片云梦大泽。

我四下望了望，明白这幅投影画是怎么造成的了。原来我的东邻最近大兴土木，为自己在后院造了一片景致。他铺了一片白色鹅卵石，种上一排翠竹，晚上，还开了强光投射灯，经灯一照，那些翠竹便把自己"影印"到那面大墙上。

我为这意外的美丽画面而惊喜呆立，手里还抱着由于白昼的恩赐而晒干的衣服，眼中却望着深夜灯光所幻化的奇景。

我绝少午夜收衣服，所以从来没有看到这种娟娟竹影投向大壁的景致，今晚得见，也算奇缘一场。

古代有一女子，曾在夜晚描画窗纸上的竹影，我想那该算是写实主义的笔法。我看到的这幅却不同，这一幅是把三米高的竹子，借着斜照的灯光扩大到十五米，充满浪漫主义的荒渺、夸大的美感。

此刻，头上是台北上空有限的没有被光害完全掐死的星光，身旁又有奇诞如神话的竹影，我忽然充满感谢。想我半生的好事好像都是如此发生的：东邻种了一丛竹，西邻造了一堵壁，我却是站在中间的运气特别好的那位，我看见了西园修竹投向东家壁面的奇景。

对，所有的好事全都如此发生，例如有人写了《红楼梦》，有人印了《红楼梦》，有人研究了红学，而我站在中间，左顾右盼，大快之余不免叫人一起来瞧瞧，就这样，竟可以被叫作教授。又例如人家上帝造了好山好水，工人又铺了好桥好路，我来到这大块文章之前，喟然一叹，竟因而被人称为作家。

东邻种竹，但他看到的是落地窗外的竹，而未必见竹影。西邻有壁，但他们生活在壁内，当然也见不到壁上竹影。我既无竹也无壁，却是奇景的目击者和见证人。

是啊，我想，世上所有的好事都是如此发生的。

你的侧影好美

中午在餐厅吃完饭，我慢慢地喝着那杯茶。茶并不怎么好，难得的是那天下午并没有什么赶着做的事，因此就慢慢地一口一口地啜着。

柜台那里有个女孩在打电话，这餐厅的外墙整个是一面玻璃，阳光流泻一室。有趣的是那女孩的侧影便整个印在墙上，她人长得平常，侧影却极美。侧影定在墙上，像一幅画。

我坐着，欣赏这幅画。奇怪，为什么别人都不看这幅美人图呢？连那女孩自己也忙着说个不停，她也没空看一下自己美丽的侧影。而侧影这玩意儿其实也很诡异，它非常不容易被本人看到。你一转头去看它，它便不是完整的侧影了，你只能斜眼去偷瞄自己的侧影。

我又坐了一会儿，餐厅里的客人或吃或喝——他们显然都在做他们身在餐厅该做的事。女孩继续说个不停，我则急我的事，我的事是什么事呢？我在犹豫要不要跑去告诉那女孩关于她侧影的事。

她有一个极美的侧影，她自己到底知道不知道呢？也许她长到这么大都没人告诉过她，如果我不告诉她，会不会她一生都不知道这件事？

但如果我跑去告诉她，她会不会认为我神经兮兮，多管闲事？

我被自己的假设苦恼着，而女孩的电话看样子是快打完了。我必须趁她挂上电话却还站在原来位置的时候告诉她。如果她走回自己座位我再拉她站回原地去表演侧影，一切就不再那么自然了。

我有点儿生自己的气，小小一件事，我也思前想后，拿不出个主意来。啊！干脆老实承认吧！我就是怕羞，怕去和陌生人说话，有这毛病的也不只我一个人吧！好，管他的，我且站起来，走到那女孩背后，破釜沉舟，我就专等她挂电话。

她果真不久就挂了电话。

"小姐！"我急急叫住她，"我有一件事要告诉你……"

"喔……"她有点儿惊讶，不过旋即打算听我的说词。

"你知道吗？你的侧影好美，我建议你下次带一张纸，一支笔，把你自己在墙上的侧影描下来……"

"啊！谢谢你告诉我。"她显然是惊喜的，但她并没有大叫大跳。她和我一样，是那种含蓄、不善表达的人。

我走回座位，吁了一口气。我终于把我要说的说了，我很满意我自己。

对！其实我这辈子该做的事就是去告诉别人他所不知道的自己的美丽侧影。

其实，你跟我都是借道前行的过路人

那天放假，是端午节的假。从前，端午节是不放假的，原因不详。似乎是，从民国开始，新派的当权人士就对农历节庆有点儿仇视。但挨挨蹭蹭混了七十年多，发现老百姓还是爱过老节，终于投了降，把清明、端午、中秋的假一一照放。想来，说不定，有一天连旧历的花朝日或重阳节都放假也未可知。

那一天，因为是第一次得到一个新鲜的端午假日，十分兴奋，于是全家出发，驾上车，浩浩荡荡赴大屯山去赏蝶，以为庆贺。奇怪的是，事近十年，现在回想起来，那蝴蝶漂亮的青翅不算印象深刻，使我惊愕难忘的倒是另一幅景象。

蝴蝶并非不美丽，但它的美对我而言是"意料中事"，并无意外可言。我在导游手册上找到"蝴蝶廊"的名字，就"按图索蝶"前往大屯山一探，果真找到了它们。

但另外的那个景象却是我"碰"上的，导游手册里完全没提到。

那天我从阳投公路左转，往大屯山主峰的方向开去，蝴蝶廊便在大屯山主峰上。天气晴和，它们三三两两在阳光下舒翅，它们的翅膀有如青天一角，又如土耳其蓝玉。看完蝴蝶，我继续前往于右任墓，忽然，毫无防备，它，出现在车前。

它显然极度惊惶，它是一条碧绿色的小蛇。蛇虽然也有嘴脸眼睛，但蛇的表情大约是我们人类读不懂的吧？只是它急恐窜逃的样子我看得懂，它的肢体在痉挛中飞迅蠕动，把那翡翠一般优雅的皮色舞成一片模糊晃动的碎琉璃。

我在它横越马路的地方轻轻煞车，距它大约四公尺，我停在那里对它说：

"不要怕，我让你，你是行人，你先过。"

窄窄的山路，对它竟是天险难渡。不知是不是因为柏油路面不利于它的蠕动，它看来张皇失措。

"对不起，吓到你了，你的名字是不是叫小青？今天是端午节，你知不知道，今天这日子跟你们蛇族的故事有关呢！"

它战栗，这是它生死攸关、存亡续绝的时刻。

"不要这样，这条路又不是我的，我们两个都只不过是偶然借道前行的过路人罢了！你好好走嘛！这座山与其说属于我的祖先，不如说是属于你的祖先。我打扰了你们的领域，我说道歉都来不及，你又何必吓成这样呢？"

小蛇窜入草丛，转瞬消失。

事情过了快十年了，它那抖动如飞鞭的身形，它那痛苦扭折的 S 形常在我眼前晃动，我为自己和人类文明加诸它的苦楚而深感苦楚。

不知它如今还活着吗？曾经，某年某月某日某时，我与它，两个同被初夏阳光蛊惑而思有所动的生物，一起借道而行，行经光影灿烂的山路。它是那样碧莹美丽，我不能忘记。

炎　凉

我有一张竹席，每到五六月，天气渐趋暖和，暑气隐隐待作，我就把它找出来，用清茶的茶叶渣拭净了，铺在床上。

一年里面第一次使用竹席的感觉极好，人躺下去，如同躺在春水湖中的一叶小筏子上。清凉一波波来拍你入梦，竹席恍惚仍饱含着未褪尽的竹叶清香。

生命中的好东西往往如此，极便宜又极耐用。我可以因一张席而爱一张床，因一张床而爱一栋屋子，因一栋屋子而爱一座城。

整个初夏，肌肤因贴近那清凉的卷云而舒缓自如。触觉之美有如闻高士说法，凉意沦肌浃髓而来。古人形容说道之透辟，谓一时如天女散花。天女散花是由上而下，轻轻撒落——花瓣触人，没有重量，只有感觉。但人生某些体悟却是由下而上，仿佛有仙云来轻轻相托，令人飘然升浮。凉凉的竹席便有此功。一领青簟可以把人沉淀下来，静定下来，像空气中热腾腾的水雾忽然凝结在碧沁沁的一茎草尖而终于成为露珠。人在席上，也是如此。阿拉伯人牧羊，他们故事里的羊毛毯是可以飞的。中国人种地，对植物比较亲切。

中国人用植物编的席子不飞——中国人想，飞了干吗呀？好好地躺在席子上不比飞还舒服吗？中国圣贤叫人拯救人民，其过程也无非是"出民水火"到"登民衽席"。总之，世界上最好的事莫过于把自己或别人放在席子上了。初夏季节的我便如此心满意足地躺在我的竹席上。

可惜好景不长，到了七八月盛夏，情形就不一样了。刚躺下去还好，多躺一会儿，席子本身竟然也变热了。凉席会变热，天哪，这真是人间惨事。为了环保，我睡觉不用冷气，于是只好静静地和热浪僵持抗衡。我反复对自己说："不热，不算太热，我还可以忍受，这也没什么大不了，哼，谁怕谁啊……"念着念着，也就睡着了。

然后，便到了九月，九月初席子又恢复了清凉。躺在席上，整个人摊开，霎时变成了片状，像一块金子捶成薄薄的金箔，我贪享那秋霜零落的错觉。

九月中，每每在一场冷雨之后，半夜乍然惊醒，是被背上的沁凉叫醒的——唉，这凉席明天该收了。我在黑暗中揣想，竹席如果有知，也会厌苦不已吧？七月嫌它热九月又嫌它凉，人类也真难伺候。

想来一生或者也如此，曾经嫌日程排得太紧，曾经怨事情做个不完，曾经烦稿约演讲不断，曾经大叹小孩子缠磨人……可是，也许，有一天，一切热过的都将乍然冷却下来，令人不觉打起寒战。

不过，也只好这样吧！让席子在该铺开的时候铺开，在该收卷的时候收卷。炎凉，本来就半点儿由不得人的。

别人的同学会

出门的时候，她蔫蔫的，一副意兴阑珊的样子。

多年夫妻了，装高兴的那种把戏看来也大可不必了。装假，实在是很累人的事，更何况，装得不好是会给人拆穿的，反而没趣。

他应该也看出来了，但大概由于理亏，也就不好意思说什么。两人叫了出租车，便往豪华饭店驰去。她本来就讨厌吃"泼费"（"尽量吃饱"的意思），何况又是去跟丈夫的同学吃。

世上无聊的事很多，陪配偶的老同学吃饭大概也算一桩吧？今天的晚宴，她想象起来，也不觉得会有什么乐趣。所谓"老友"，本来天经地义，就该有点儿排外。老友聊天如果不能令别人目瞪口呆，片言只语也插不进，那也不叫"老友"了。

这种场合，她知道，做妻子的去了，实在了无生趣。但不去，又显得做丈夫的没面子，连个老婆也搬不动，只好勉勉强强、无精打采地去走一遭。等一下，等到达饭店，她会把笑容拿出来挂上脸去，她会把自己装作"鸽派人士"。但现在，她想要休息一下，她把自己缩成一条还没有吹胀的气球，萎皱且扭曲，窝在座椅上。

坐上桌以后，果不出所料，几个男人开始大谈想当年，女人则静静地听，静静地吃，完全插不上嘴。同学会这种地方是不该带配偶的，太不人道了，她想，各人跑各人自己的同学会才对。好在几个太太都是质朴的人，大家低头吃东西，倒也相安。曾经碰到某些太太没话找话说，那才叫累人。

忽然，话锋一转，他们谈到了作弊。而且，他们一致把眼睛望向她的丈夫。

"哎呀，真的，我们班上唯一考试不作弊的人，就是你呀！"

"对呀，就是你，只有你一个！"

她吃了一惊，原来他是唯一的一个！她自己考试不作弊，总以为天下人都该不作弊，没料到丈夫当年竟是唯一的一个。

"那你呢？你也作弊啦！"有个太太多此一举地瞪眼问自己的丈夫。

"我不作弊我就毕不了业了！"那丈夫理直气壮地回答。

她默默地吃着，什么话也没讲，心里却对自己说：啊，想来那男孩当年也蛮可爱的，虽然现在的他已是"忠厚"人士，虽然他坐在自己身边竭力不为那份诚实而自得自豪。他的确是个诚实的君子，相处三十多年后，她倒也能为这句话盖上印章，打上包票。

"有时去参加别人的同学会倒也不完全是无聊的事。"

回家的路上，挽着丈夫的手，她想。